U0080777

禍亂創世紀 第二部 01

Rebellion of Start-online II

蜜桃多多的
修羅花嫁 下

017 情人節活動

雲千千是一個巨大的麻煩。

龍騰和一葉知秋都對這女孩有些想法，想要扯對方後腿的念頭已經不是一天、兩天，一次、兩次了。可是想歸想，他們還是覺得自己有點跟不上對方的步伐。對方什麼都不用做，一路殺出個腥風血雨，惹起糾紛滿地，然後到處亂竄；再然後每當他們想對她做點什麼的時候，就會看似偶然、實則必然的和一批什麼人撞上，接著就有巨大杯具降臨……

這樣看起來有點像是負負得正，或者也可以說是雲千千的債主太多了。這小妞一直在頭前奔跑，沒被任何人抓到；後面追趕著的人彼此不認識，也拿捏不準是敵是友，稍有個風吹草動或摩擦碰撞什麼的，很容易就打起來也是理所當然。

當然也有一種可能，是幾個敵人通過氣後發現彼此志同道合然後聯手……這對雲千千沒有任何實質威脅，一加一和二沒有區別。不管怎麼聯合，反正敵人基數就是那麼多，只有可能減少，不可能憑空增長，除非他們能生孩子。

知道龍騰九霄和魚人族敵對的消息後，一葉知秋正面側面、明裡暗裡打探了一番，終於弄明白事情的大概經過後甚感欣慰。終於不止自己一個人在那水果手上吃虧了，聽無常的話果然沒錯。如果當時他真的一時心動和龍騰結盟的話，現在魚人族的追殺名單上可能又要多一人……

「現在怎麼樣，我們是按兵不動，還是派人去支援，趁機賣龍騰一個人情？」一葉知秋摩拳擦掌，興奮的詢問身邊無常。

「按兵不動。」無常手裡擺弄著通訊器，抽空抬頭看他一眼。「別想著摻和進去。我們要做什麼，自己有人手，犯不著被人家牽制。」

一葉知秋想了想點頭。「那倒也是。再說龍騰的性格也不好相處，太過盛氣凌人了。」

「嗯。」

「就照你說的，按兵不動吧。」一葉知秋嘆了口氣：「也不知道蜜桃多多現在又在做什麼，希望活動期間她別出來搗亂就好。」

「她現在在找礦脈沒空，最近一段時間應該都很少會出現在活動區。」無常推推眼鏡，淡定道。

「真的?你從哪裡得到的情報？」

無常依舊一邊跟通訊器那邊說話，一邊抽空回答自己會長：「真的，她剛剛才親口說的。」

「呃？」

「對了，你要不要和她也說兩句？」

「呃……」

一葉知秋冷汗刷刷。這兩人到底有沒有拿敵對陣營當回事?到底有沒有拿自己的情緒立場當回事?古往今來因為各為其主而反目成仇的兄弟、朋友何其之多，哪個不是慎重嚴肅對待?沒聽說大家打架之前還寫信互通有無……

「XX，聽說你老婆快生了，要不要我媳婦去幫個忙？」

「好啊，順便把你兒子小時候的衣服帶些來，反正最近忙打仗，你也沒空生孩子。」

「嗯，那明天我去攻你城，完了正好順路一道去看你老婆。」

「好，我先買點酒準備著，你們的士兵萬一真的進來，讓他們小心著別把酒罈子弄破了……」

這算什麼?這算什麼!?

一葉知秋很抓狂，他發現諸如雲千千和無常此類人種的思考模式已經完全脫離了地球人的範疇。身為本地星球土著代表的友好人士，一葉知秋感覺自己和對方這幾人完全無法溝通。

莫非無常是無間道？

這個念頭一閃而過，隨即又被一葉知秋自己否定。不，不可能。無常的性情他還算了解，這人幹一行愛一行，如果真要搞無間道，絕對一點把柄都不會讓自己抓到……

「對了，為了以後行動方便，公會願不願意支付情報費去買蜜桃多多的行蹤？」無常沒看到一葉知秋的糾結，自然而然的又問了句。

「……跟誰買？」

「蜜桃多多說她願意自己出售，按次數算，每次10金。我說她太黑，然後她表示如果一次買十件的話，可以給我們一個批發價……其實我個人認為這女孩做買賣的時候，信譽還算是很不錯，雖然人有點壞……」

「不買，死都不買！」一葉知秋咬牙切齒，淚流滿面……這人果然是無間道吧？是吧？

雲千千開始著手準備打造首飾所需要的材料。

魚人族堅定表示夜明珠短時間內已經不可能再出產了，普通珍珠之類的倒是有，可以給她一部分。反正那東西不值錢，除了做裝飾品之外沒有其他用處，這一類東西在NPC中沒什麼市場。

另外最常見的對戒主要材料還有鑽石……鑽石恆久遠，一顆就破產。

鑽石之類製造首飾的材料在挖礦時是作為副產品出現的。比如說一個錳鐵石的礦脈，挖掘出的錳鐵石可用於打造盔甲兵器；但是在挖掘中途時，有1～2%的機率出現伴生礦，出現概率和出現品種都是隨機的，並沒有什麼規律可循。伴生礦會出現的成品就包括鑽石、白金、黃金等等之類的裝飾品原材料。

雖然只是裝飾品，但因為在女性中市場不錯，所以不少人願意出高價購買。想弄到這些東西，除了花錢採購或自己努力挖礦外，沒有其他路徑可走。

雲千千從無常那裡打聽到玩家比較少去的幾條富礦脈後，跟彼岸毒草申請了人手，拉著兩隊十名水果族就風風火火的出發了。

繞著礦脈走了一圈，選好位置，圈好地盤，雲千千刷出一塊木牌，上書「內有猛獸，請珍惜生命」往地上一戳，隨手再召出凱魯爾，將他丟在牌子後當作保鑣，接著那十個人就開始採礦。

按1～2%的概率來算，雲千千的打算是掘礦五天，剩下點時間用來準備整理。按照無失誤、一分鐘能採到一塊礦石來計算，一小時可採到六十塊礦石，一天可開採一千四百四十塊礦石，五天可開採七千兩百塊礦石……就算按較高的2%概率來計算，這其中只有一百四十四塊伴生礦，十個人可採集到一千四百四十塊伴生礦，還不能保證塊塊出來的都鑽石……

全創世紀一共多少玩家？這些人中一共又有多少人勾搭成姦？勾搭上的人中又有多少可能不僅僅購買

一對戒指？

玩家的消費能力是巨大的，在雲千千的打算中，怎麼也要弄到一萬顆鑽石做前期運營，其他的再拿珍珠、夜明珠什麼的填補。先把第一筆大頭的生意做下來，等搶購熱潮稍微緩一緩之後，自己再用賺來的錢直接採購……

現在最需要的就是人手。人從哪來？水果樂園是不行了，雲千千要再敢伸爪撈人的話，彼岸毒草都能有心活撕了她。

於是雲千千把目光投向了周邊其他勢力。

「會長，駐地有人找。」

唯我獨尊剛交完一批抓捕到的魚人，數數積分也有不少了，正準備去領取大禮盒，就聽到公會頻道中留守駐地的手下報告。

「誰找我？」唯我獨尊好奇。

「這個……是彼岸老大的新老大。」手下盡量委婉說明來人身分。他知道自己老大有多恨這個人，自從該女孩成功挖角彼岸毒草以後，別說唯我獨尊，整個皇朝上下沒有一個不眼紅的。

唯我獨尊忍了沒一星期就把此人拖進了黑名單，打算老死不相往來，更主要的是不想三天兩頭接到對方善意的彙報訊息……

「小尊尊啊，小草在我這挺好的，吃好睡好玩好，還有一大群美眉喜歡他。為了不讓你擔心，我特意把名單整理下，寄過去給你了，你好好幫忙參謀一下，幫他找個秀外惠中的BalaBalaBala……」

緊接著，一封郵件寫滿名單殺來……

這是赤裸裸的炫耀啊！唯我獨尊心痛欲絕，恨不得殺之而後快。他憤怒之下掃遍了駐地周邊大小城鎮的所有蜜桃，給公會裡的每人都發了一箱當作福利，歡欣鼓舞者雖然有之，但是吃到小臉蒼白者卻更是不少……

得知雲千千來找自己的消息後，唯我獨尊的臉色古怪變幻許久，非常不想去見這女孩；但是他再當聽手下報告說對方正在饒有興致的參觀駐地建築，並且對駐地的控制中心建築露出頗感興趣的躍躍欲試神態後，還是一刻不停的趕了回來。

馬的，就看看妳想玩什麼花招！

「尊哥好久不見，你好嗎？你手下好嗎？皇朝好嗎？你家的貓貓狗狗耗子蟑螂都好嗎？」唯我獨尊一進駐地，雲千千非常熱情衝了過來，拉著人家手就不放了。

「……妳還是叫我小尊尊好了。」唯我獨尊警惕的看雲千千，「無事獻殷勤」這句話在腦中不斷盤旋，冷淡道：「到底什麼事，長話短說。」

「尊哥夠爽快！」雲千千挑大拇指，再拍一馬屁才說道：「是這樣的，小妹我最近正在挖礦，想弄點鑽石在手裡頭放著，但是時間緊迫，挖礦的人不夠多，你看是不是……」

「妳要鑽石幹什麼？打算和九夜結婚了？」

雲千千滿頭黑線：「我和九哥之間很純潔……」

「反正不管妳純不純潔，我的人都很忙。」唯我獨尊撇了撇嘴：「要挖礦妳自己不是也有個水果樂園？自己的人不動，來借我的人？妳倒是打的好算盤。」

雲千千很耐心解釋：「是這樣的，我不是想著我們要結盟了嗎，這個盟友之間互相幫助也是應該的，俗話說得好……」

「等等。」唯我獨尊驚訝了：「誰和妳結盟了？什麼時候的事，誰說的？我這個會長都沒聽說過這件事。」

「我剛剛決定的，馬上就結。」雲千千笑得討好。

「……不幹！」幹了就得賣苦力。

「可是我跟小草商量的時候他都說沒意見……」

「……草。」

草？是語氣詞還是人稱代詞？雲千千很疑惑的問道：「你這意思是幹啊？還是不幹啊？」

唯我獨尊想了又想，終於咬牙切齒回道：「叫小草親自來和我說！」

雲千千鎩羽而歸。

一分鐘後，彼岸毒草的訊息殺到：「獨尊？確實是我同意結盟的，有什麼問題？」

聽到自己公會的前副會長，現在人家公會的現任副會長彼岸毒草的聲音，唯我獨尊心情無比複雜。他到現在都還有不真實感，幾年的兄弟啊，怎麼一個誤會再加一個女人就能把人弄走了呢？

其實唯我獨尊不知道的是，友情或感情這一類需要小心維護的東西本來就是很脆弱的。自然生死相隨，不離不棄的人是有；但是在這之前，彼此信任卻是最重要的。既然是他自己先把信任給了工作室的那個臥底，彼岸毒草這邊自然也就淡了下來。

很多人喜歡考驗自己的朋友或戀人，比如說故意讓其他人去接近自己想考驗的人，挑撥離間；再比如說故意出一個難題給人，看人家如何選擇……其實這與其說是考驗，不如說是引誘背叛。本來好好的沒什麼事，人非要犯賤折騰，等出了事再怨天尤人又能怪誰？

兩個人之間本來沒有間隙，你非要自己弄個嫌隙出來，口口聲聲說是考驗，再冷眼旁觀看對方會有什麼反應，那嫌隙自然只能是越來越大，到最後無可彌補。

這世界上根本沒有誰理所當然的要為誰著想，有的只是誰珍惜了誰。

當然，以唯我獨尊那腦子來說，他不可能無聊找這種事做。只是利益當前，一時被蒙蔽了眼睛，又率先抬腳離開了彼岸毒草的照顧；等他睜眼時才恍然，發現彼岸毒草已經背對自己走開，到了別人那裡。

「……你真想結盟？」唯我獨尊羡慕嫉妒恨。他一想到彼岸毒草現在居然幫別人做幕僚就覺得心裡不舒服，更別說那個「別人」還是雲千千這樣卑鄙無恥的女孩。

「嗯。」彼岸毒草公事公辦，很認真談判：「我覺得雙方結盟有好處，你的公會現在近看還沒什麼問題，但從長遠來看，發展很容易偏歪主題，尤其現在又沒人替你把關。等別人都壯大起來之後，皇朝的衰敗就是必然了。比如說你公會現在的弊端之一……之二……之三……之十五……而結盟後，水果樂園能提供給你們的幫助也是很明顯的，比如說益處之一……之二……之三……」

唯我獨尊淚流了個滿面……

你公會？馬的，以前不是我們的公會嗎？知道沒人幫我，你還不回來？這小子，自從跟了蜜桃多多之後也越來越不善良了。

「那結盟我現在有什麼好處？再說蜜桃多多還想讓我的人幫她去挖礦，這總得有點回報吧？」唯我獨尊賭氣，怎麼想都順不過氣來。

「好吧，遠的不說，你的人幫忙後，現在能獲得的好處就有一個。我們可以在天空之城贈送你一個高級店面，位置由你決定，主要具體經營專案也由你自己負責……天空之城的價值不用我說了吧？」彼岸毒草很冷靜，一副哄小孩的口氣：「獨尊啊，我知道你受制於人肯定不舒服，但這從實際利益角度來看，你不吃虧。」

天空之城要發展，肯定得吸引玩家投資入住。賣店鋪只是一錘子買賣，關鍵是各大勢力進駐天空之城經營店鋪後可以帶來的稅收……

彼岸毒草知道雲千千要人挖礦是為了什麼，單從雙方的獲得來看，當然是自己這邊占便宜。但是，情事得一件件分開來說，唯我獨尊讓公會成員幫忙挖礦五天就能換得一座天空之城的高級店鋪，這已經是賺大了。

唯我獨尊當然不是傻子，也知道彼岸毒草說得沒錯，沉吟半晌後，終於無奈點頭。

「好吧，就按你說的。我現在就把會裡中級以上的礦工都派過去給你，結盟的事你看著辦，最後拿協議來讓我簽字就行……」他想了想再補充：「你親自來，我不想見到蜜桃多多那張臉，看了就來氣。」

不想見她？沒關係，礦工到位就行，她也懶得跑呢。

雲千千聽完彙報後不以為意，拉出好友名單再看了一遍，抓著高級店鋪的誘惑又去找了銘心刻骨。這是一個肥羊，勾引他來買店，肯定能創造不少利益……

如法炮製、如此這般，雖然離騷人極度反對結盟，但是在青鋒劍難得的支持下，銘心刻骨和雲千千還是順利的簽定了結盟協議，揮手也送出了自己手下能出動的所有礦工。

二百五十人……唯我獨尊和銘心刻骨的人都到齊後，雲千千點了點總人頭數，被這數字傷害到了。她死說活說從彼岸毒草手裡再摳了五十人出來湊個整數，看著三百人一起挖礦勞作的場面，終於欣慰。

熱火朝天的監視三百人幹了四天活後，雲千千預計中的一萬顆鑽石已經就位，另有白金、黃金、祕銀等其他伴生礦兩萬餘件。最後一天的活可幹可不幹，但為了最大限度的壓出借用勞工的剩餘價值，雲千千還是揮手繼續壓迫。

默默尋就是在這時候找上了門來，抓著一張報紙排印稿給雲千千看。「這是樣本，按妳說的，把妳在天空之城的情人戒店鋪廣告都排在首版了，還同時公布天空之城的開放消息。這些占了整篇幅版面，絕對搶眼……妳確定情人節當天會開放結婚系統的消息真實嗎？要知道，如果那天沒這資料片公布的話，我們報紙登妳店鋪的廣告根本沒什麼好處，到時候可是鬧了大笑話了。」

「妳就是這點不如胖子。如果是他，肯定絕對相信我。」雲千千剔牙斜睨默默尋。「小妞，想做大事就得有點魄力，瞻前顧後、戰戰兢兢的什麼也幹不成，騙了妳我能有什麼好處？……好吧，別這樣看我，白占妳首版廣告我確實有很大好處；但是換個角度想，騙了妳這一次，下次我再有事情還怎麼找妳合作？難道妳不會惱羞成怒發動狗仔槍手把我寫臭？人得相信自己，妳在我心裡還是很有利用價值的。」

默默尋沉默了一會，咬牙道：「多謝妳肯利用我。不過我認為妳這人很狡猾，即使真得罪我，需要我做什麼的時候一定有辦法讓我就範。只要有新聞利益，我們報紙就不得不去探個究竟，這是出於現實考處……至於寫臭妳更是多慮了，我不覺得創世紀裡能有人讓妳比現在的名聲更臭一步……我只贊同妳最開始的說法，做大事得有點魄力。」

不高興的從雲千千手裡抓回報紙，默默尋瞪她一眼。「反正我就賭這一次，希望妳沒騙我……如果沒問題的話，我現在就安排人去工匠那裡拿戒指樣本拍照。後天只要新資料片在系統上一公布，這份報紙立刻乘勢即時發售。」

「合作愉快。」雲千千笑咪咪的給默默尋一個飛吻。

「……和妳合作真是一點不愉快，即便有好處占也讓人生氣。」默默尋哼了聲，帶著報紙扭頭就走。

雲千千無奈攤手表示遺憾，隨即發訊息給彼岸毒草，讓他派人去精靈族那先行安排接時報攝影師上天的事宜。

其實雲千千也覺得和女人打交道很麻煩。這種性別的生物一般都愛斤斤計較，總想占最大的便宜。這是優點也是缺點，它讓女人心思縝密、運籌帷幄、掌握先機，但同時也讓女人多疑，神經質加嘮嘮叨叨的沒完沒了。

雲千千自己知道自己也有點這毛病，所以她平常就喜歡二話不說的直接占便宜，懶得跟人囉嗦，也不費那心去和人計較。

讓別人和自己計較才是王道，只有掌握主動權，才能掌握最大利益！

「妳沒事別老招惹人家小女生。」混沌粉絲湯眼看默默尋走遠後才從礦脈裡鑽出來，笑咪咪道。

「心疼了？」

「別開玩笑，我也算事業有成人士了，要找女人能找和我一樣好強的？」混沌粉絲湯挺了挺胸脯，不過在雲千千眼裡感覺他就是挺了挺肚子。「我要找的女人，那必須得是溫柔賢慧、宜室宜家、內外兼修……」

「就你這懷胎七月的樣子，還要求那麼高，湊合點行了。」雲千千白眼一個。還內外兼修呢，男人找女人都是想雙修。不管承認不承認，大部分人看的還是臉，在這裡裝什麼大尾巴狼呢。

「沒事瞎看看就回去得了。你那天機堂聽說最近生意挺好的，有這閒聊的工夫，回去多賺點錢請我吃飯多好啊。」

混沌粉絲湯瞪了這不會說話的女孩一眼，不愛搭理她，腆著肚子又走遠了。

最後一天的忙碌後，五天僱傭期限終於到了。雲千千歡樂的收走所有伴生礦，原礦大度的讓人各自帶回去，總算可以回店鋪去找工匠進行下一步操作。

樣戒製作、庫存預留、櫃檯擺設整理、設定標價，除了店鋪以外，還有天空之城的許可權開放、導遊布置、小行業者聚集宣傳和分派任務，再來就是借用精靈族的人手催生野玫瑰……雲千千忙忙碌碌的又折騰了一整天，魚人族的活動終於結束了，而情人節，終於如期到來。

每當有商家申請節日活動的時候，創世紀遊戲公司都會安排程式人員全程管理。這一來是為了保證承辦活動的商家利益，二來也是為了監督，防止商家趁著這機會做出什麼條約規定外的動作。

不僅是遊戲公司要出人監督，網警局也要派出管理人員從旁坐鎮。這是法律規定，更是為了避免日後有什麼說不清的麻煩。

程旭一大早就來上班了。他帶著網警局派來的本次情人節活動的監督人，正在監控室內切換四大主城中的監控攝像，重點集中於承辦商家設立的舞臺現場，微笑介紹道：「這次情人節活動是由ＸＸ集團申請承辦的，他們集團在遊戲內主要做的是餐飲品牌，想借這機會在遊戲裡宣傳推出自己的新菜色……我們公司已經請相關部門的人去現實相關餐廳了解過，都沒有什麼問題……」

網警局派來的人推了推鼻梁上架著的金邊眼鏡，在程旭笑得都快要僵掉的表情中沉默了許久，最後終於開金口吐出了一個字：「嗯。」

嗯？就這樣？程旭深呼吸，長長的吐出一口氣來，平復一下情緒後再介紹：「該商家是全國連鎖，目前在遊戲中的負責人為現實中本市分部經理，遊戲ID是純情的M……」

網警局主管面無表情的臉上嘴角抽了抽，半晌後淡淡頷首：「嗯。」

又嗯？您能說點別的嗎？程旭鬱悶了：「既然沒問題，那我們現在馬上就發布結婚系統的開放公告，同時開啟資料片並開始監控錄影。」

「結婚？……」網警局主管沉吟了一下，終於開口難得的吐出一個句子：「你們有天空之城的錄影嗎？」

「天空之城？那是玩家私人領地，我們沒有監控。怎麼了？」程旭有點意外也有點感動，從接待這位大神開始到現在，他多難得一次聽到這麼多的字啊。

網警局主管嘴角一勾，笑得神秘妖嬈，還帶有一絲詭異，淡淡道：「沒什麼……我只是覺得你們最好應該馬上安排監視天空之城，同時讓那小受做好被M的準備。」

天要下紅雨啊！

程旭倒吸一口冷氣，先是驚嘆於對方竟然一口氣說出那麼多話，接著想了想，突然再倒吸一口氣，結結巴巴，一副震驚的樣子：「你你你你的意思該該該不會……」馬的，他想起來了，那所謂的玩家私人領地，不正是蜜桃多多？

程旭還沒有回神的時間裡，預定中的結婚資料片開放的公告已經被下面的人發出，資料片同步啟動。監視鏡頭裡，滿街成雙成對的玩家們先是一怔，接著突然欣喜若狂的歡呼雀躍了起來。

結婚啊！多少狗男女長久以來的夢想，多少那夫那婦的期盼……

當然了，期盼的還是以感性的女性居多。男玩家們大部分還是願意保持不清不白的關係，這樣出去泡妞的時候也好方便點；不過在身邊女伴的監視下，他們不得不做出歡欣表情以表自己的忠貞……

馬的，老子要被綁定了……多少男性歡呼同時淚流滿面，還得強撐苦澀的微笑安撫身邊女伴：「我太感動了，親愛的，我們終於能在一起了，嗚嗚嗚……」

不管怎麼說，從表面上看來，遊戲公司是成功了。結婚系統的啟動引起的反響是劇烈的。

監視螢幕上，純情的M同時借用系統公告乘勢發布了情人節活動資訊，安排舞臺、鮮花、小禮物發放、渡假券抽獎……其中最為關鍵的，自然還有他公司新推出的情人套餐。

到目前為止，依舊也算是成功的。程旭回過神來，就見到大神笑而不語的坐在自己身邊，一副高深莫測的樣子，彷彿在等待著什麼。

他究竟知道些什麼？程旭有不祥的預感，一邊疑惑著，一邊不敢大意的迅速安排了下去：「馬上安排天空之城的監控，要全方位的，快！」

「可是組長，現在臨時加監控要向上頭申請，還要向智腦申請許可權，畢竟這不合規定……」下面的人為難看程旭，再看了眼網警局主管，不合規定主要是看著後者在才這麼說的。遊戲裡監控屬於侵犯他人隱私行為，如果是沒有必要的情況下，一般不能隨便安排。

「呵呵，我同意監控。」網警局主管又推了推鼻梁上的金邊眼鏡，就連嘴角勾起的弧度都透著那麼一股子意味深長。

鏡片一反光，看得旁邊的程旭都跟著打了個冷顫，越發肯定對方絕對是知道了些什麼，不敢再耽擱下去，吼道：「那就快申請！現在馬上和智腦溝通，快點！不要磨磨蹭蹭的耽誤時間！」

眼看向來有風度的組長都發飆了，網警局主管似乎也沒意見，下面的人不敢再耽擱，手忙腳亂的趕緊開始一連串申請和監控取點。

這邊還沒有布置好，原本架在主城中的監控點中又出現了新意外。創世時報的報童們像是一瞬間從地上冒出來似的，張揚揮舞著手中一疊疊厚厚的報紙開始叫賣。

「最新出爐消息，為慶賀情人節，天空之城從即日起正式開放，和自己的伴侶暢遊在雲海之中，享受天際雲端的浪漫……精靈族的鮮花、熱情的隱藏種族居民、特色食品、天使見證下的愛情宣誓，還有專為向自己伴侶求婚而準備的情人對戒專賣……鑽石、珍珠、夜明珠、稀金……各種璀璨的美麗，給伴侶一生愛的見證。美的代言人、精靈族工匠大師傾情打造，還可接受款式訂做，報紙上配有對戒圖片及天空之城傳送座標……本城本報只發售一萬份，10銀一份，先到先得。」

純情的M臉青了，在鏡頭中分外顯眼。

鏡頭外的程旭臉也青了，瞪大了眼睛，張著嘴，一副被什麼噎到了的樣子。

這不是拆臺嗎？

憑心而論，純情的M已經做得很好，各項為情人節推出的活動和主城內的布置都是精美的，不惜血本花了大價錢才做出來的。在這一點上，創世紀公司也提供了不少的幫助。比如說讓整個地圖都飄滿玫瑰花瓣，比如說為純情的M操辦的舞臺上的主持人準備了巨大浮空玫瑰臺，再比如說……

畢竟是節日活動的承辦商家，如果不提供他最好的便利，張揚遊戲公司的幫助態度的話，下次活動還會有哪個商家願意出錢承辦宣傳？

可是這一切本該顯眼的布置安排，現在在雲千千的動作下卻顯得那麼的黯淡無光。

天空之城多神秘啊，還是在雲端上，光這份地利就能把所有人的風頭壓下去。再加上與自然為伍的精靈族催生鮮花，還有神族的天使……整座天空之城上的節日氣氛布置並不比地面少上多少，甚至要優上更多。

花瓣雨本來就是全地圖的，天空之城上自然也有。程旭如果敢說要把這個撤下去，首先第一個智腦就不會同意；再而且就算同意了，下面玩家也會抗議。

還有精靈族工匠大師打造的對戒……那女人還真下血本，鑽戒、珠戒也就算了，她哪弄來的夜明珠？

程旭很抓狂，程旭很憤怒，偏偏他又什麼都做不了。

純情的M果然被虐了，冥冥之中，他的名字就代表了他的宿命。天空之城上的樁樁件件弄下來，把他的情人節活動布置踩了個黯然失色。

美麗的迎賓小姐比得上人家的天使伴遊嗎？特色套餐比得上人家隱藏種族的各種特色食物嗎？弄了滿

城玫瑰能比得上人家自然純粹的雲霧繚繞嗎？

這如夢似幻的，別說其他玩家了，就他自己也更願意去天上玩啊。怎麼會這樣，怎麼會這樣？

程旭恍惚間聽到了下面自己的組員彙報：「組長，純情的M在遊戲裡向我們的客服投訴了，他要求我們給他一個解釋……」

承辦商家，這就跟那古時的皇商一樣的，拿著金字招牌，為上頭孝敬油水，同時是為了得到各種便利優惠。現在皇商的招牌被一個小販踩下去了，這口氣純情的M要是能吞得下去才怪。

程旭心虛的乾咳了一聲，瞪了眼那個組員：「你不會說我不在嗎？」

「不行啊，他說不給個交代出來的話，他們集團就要把我們公司告上法院。」下面的組員快哭出來了。

「呵呵……」網警局主管在旁邊輕笑不語。

程旭也快哭了：「就說我們現在正在緊急開會！」說完不管愁眉苦臉的組員，他焦急的盯住了旁邊的救命稻草：「林部長，您早就知道這件事了吧？」

林部長淡淡瞥他一眼。「在遊戲裡耳聞過她張羅對戒和天空之城布置的事情，聽了你們說要公布結婚資料片後才想通她的用意。」

「那您看現在可怎麼辦啊？你也看到了，我們可是冤枉。」

「冤枉不冤枉的不說，不過如果那個純情的小受真要告狀的話，你們絕對會敗訴。」林部長推推眼鏡，笑道：「呵呵，系統支援下的承辦商家幹不過個人團體，雖然你們很無辜，但很遺憾，這不能成為你們脫罪的判斷。」

「那可不行。」程旭急得像熱鍋上的螞蟻。「您幫忙想想吧，這會怎麼辦？」

「怎麼辦？」林部長瞇了瞇眼，手指有節奏的敲擊著座椅邊上的扶手，叩叩叩……很是讓人心煩意亂。半晌後，直到程旭忍不住要再開口了，林部長這才結束沉思。

「我建議你們可以讓那個小受去和蜜桃多多談合作問題。只要給她好處，這女人是不會太過為難他的，甚至協助承辦商家造勢也不是不可能……不過，得提防她獅子大開口。」

還能開口就行，怕的就是她不開。程旭當然知道這辦法不怎麼漂亮，說出去之後，創世紀公司在各商家之中的威信和聲望都要受創不少，不過眼下除了這法子以外還能怎樣呢？

遊戲宣導的是自由、公平，如果沒有智腦的存在的話，程旭都有心直接讓 GM 把那蜜桃多多的連接封掉了；但如果真要這麼幹的話，別說智腦不同意，單是旁邊的網警局都能給他扣一個妨礙網路人身自由的罪名……

天怎麼就那麼黑呢，光線怎麼就那麼暗淡呢，世界怎麼就那麼讓人絕望呢……程旭欲哭無淚，讓手下人把林部長的建議如實回覆給了純情的M，接著直接關掉其他監控點，專心監視起剛剛通過許可權的天空之城來。

他身邊的大神則是拿著手機告了個罪，出門打電話去了。

「要我和你合辦情人節活動？」天空之城裡的雲千千收到純情的M發來消息，很驚訝問道：「憑什麼啊？」

「憑……」純情的M牙疼。對啊，憑什麼啊？人家賺得好好的，自己平白無故要來分一半名聲，還得占個大頭，憑什麼啊？

雲千千這邊等待中，九夜突兀上線，一個看似莫名其妙的消息傳來：「應了他。」

018

有情人終成怨屬!?（上）

應了誰？

當然只能是應了純情的Ｍ。

雖然想不通本來說休息的九夜為什麼會突然上線，看樣子還是為了一個男人而專程上線。但是因為是九哥難得的要求，所以可以應允，反正天空之城的名氣已經打出去了，賺的錢也不會少。

當然了，就算這樣便宜也不能給他白占。於是雲千千再鎮定一下，抄起通訊器衝純情的Ｍ那邊喊了過去，和前一條一樣直率，連語氣都沒差多少：「你開什麼價啊？」

有集團背景的人出手就是不一樣，為了拿回情人節活動宣傳的主導權，挽回之前的惡劣影響，純情的

M幾乎是拿出了一百分的誠意來和雲千千談條件，要求天空之城給予他主辦情人節活動的權利和資格。

當然，委屈也是少不了的。明明就是一次買賣，只有他這個第一次吃螃蟹的勇士倒楣的買了兩次單……之後再有商家承辦其他什麼活動的時候，自己這次慘痛的經歷剛好可以幫助那些同仁們跟創世紀公司殺價……

憑什麼啊？純情的M再次牙疼，感覺心酸不已。

這麼鬧來鬧去的，他就是一冤大頭，光是來幫著別人實現美好夢想了，自己一點好處沒撈到？……難道他長得真就那麼像聖誕老人？

談判完畢，又撈一票的雲千千接了九夜回天空之城，沿街慢慢逛著，順便問起了之前的事。

「是無常打電話來的。那人本來就該是承辦商，要借這活動打名氣，誰知道……」九夜淡淡的撇撇嘴，說道：「另外無常現在也在創世紀公司監督活動現場，妳最好別太過分，免得那小M惱羞成怒把妳一起告上法庭。」

「告我？我犯哪條法了？」雲千千詫異。

「……雖然妳沒犯法，但是審判流程總不是好玩的。」九夜轉頭：「難道妳願意花上一月、兩月的跟人家耗在打官司上？」

「廢話，當然不願意。浪費我賺錢時間不說，還得請律師。」雲千千瞪了他一眼。「對了，你說無常現在在創世紀公司監督活動？」

「嗯。」

「那他會不會關注我啊？」雲千千捧著小心臟揣測不安，好像有點緊張。

九夜堅定點頭：「不是會不會，是肯定會。」

雲千千「哦」了一個，整理整理儀表，抬頭望天，揮舞手臂笑得很是燦爛大喊：「眼鏡仔，我幫你一個大忙，記得請客啊！」

「……」

監控室中剎那一片沉默。

程旭的臉直抽抽，不敢看旁邊的林部長是個什麼表情。其他的程式師更是不用說了，安靜得連大氣都不敢喘一口。

倒是半晌之後，那位眼鏡大神自己開口打破了沉默，他脣中溢出輕輕的「呵呵」聲，一推眼鏡，意味深長的勾了勾嘴角，隱隱還有那麼一點咬牙切齒的味道：「死水果……」

九夜滿頭黑線的把活蹦亂跳的雲千千拖走，實在不能再放任她囂張下去了。無常雖然性子很冷，也自恃高傲，一般不愛弄出什麼是非來，有什麼事都是不屑一顧的樣子，但他一旦記仇也是很磨人的，心眼小得像個女人……

「這位大哥，你要不要買花？」

九夜拉著雲千千的樣子很明顯被人誤會這是對情侶了，有趁機賺外快的玩家提著一籃子玫瑰花上前熱情推銷：「看你們這樣子肯定是在約會，情人節手裡不拿束玫瑰像話嗎？無論是求婚示愛都很不錯的。你女朋友那麼漂亮，不趕快定下來小心被別人搶走啊。」

「你真的覺得我漂亮？」九夜還沒開口，雲千千已經星星眼的激動捧心問道。

「……」賣玫瑰的大哥怔了怔，支吾著：「還好吧，妳挺……呃，挺有氣質的。」

雲千千捧臉嬌羞：「謝謝。其實我也是這麼覺得。」

「……」賣玫瑰的大哥同情的看著雲千千身邊的九夜，推銷熱情一下子降了不少，隨意試探著又問了次：「買花嗎，大哥？」不買也不會怪你的，畢竟有這個女朋友本來就挺不容易，大家都是男人，都懂的……

「多少錢啊？」雲千千興致勃勃的探腦袋去看人家籃子裡的花。「在哪進的貨？」

「哦，5銀一束，在玫瑰坊進的。」

「玫瑰坊？那邊的批發價我記得是3銀15銅，零售是4銀……你賣幾束了？」

這妞是踢館的？賣玫瑰的大哥很遲疑道：「沒賣多少……妳到底買不買？」

「我這有精靈族催生的魔法野玫瑰要嗎？開放期比玫瑰坊的長，而且還漂亮，最關鍵還便宜……」

「我不……」

「不用客氣啦，看你這樣子肯定是在賺外快，情人節這麼好的機會不趁機多撈一把像話嗎？精靈族玫瑰無論是販賣自留都很不錯的。你口才那麼好，不趕快多進點貨，小心一會被人搶了生意啊。」

「那個……」咦，為什麼這臺詞讓他有種似曾相識的感覺？

「一束3銀，我絕對不占你便宜。進了這些玫瑰你要是賣不出去，儘管找我。」雲千千把胸脯拍得作響。

「……」

五分鐘後，賣玫瑰的大哥神色恍惚的離開，除了手裡的籃子中又多了滿滿當當的一大把玫瑰，空間袋裡更是塞得滿滿的。

雲千千在他身後一手捏錢袋，一手揮舞小手帕熱情送別：「客官，有空常來進貨啊。」

九夜在旁邊一句臺詞都沒來得及說上，親眼目睹推銷與反推銷的全過程，內心是不是驚濤駭浪不知道，起碼從表面上看來他還算是平靜，很淡定、很習以為常。

「不錯，賺了多少？」

「無本買賣。花是精靈族的，他們不小心弄多了，隨手送我一大把。」雲千千喜孜孜的把錢袋往空間袋裡一丟，看了眼變化後的存款數字做了一個加減法，接著歡欣雀躍的拉了九夜：「一共7金59銀……走，我請你喝酒去。」

情人節裡想喝酒，哪裡都不可能便宜。

但是這在雲千千眼中不成問題。從純情的M那裡順手敲來的代金券有一大把呢，只要她節省點用，吃到明年情人節都是可能實現的。

在程旭等人的幫助下，純情的M在雲千千那繳納完開店保證金、選好餐廳店址後，開店過程被無限縮短，原本在地面主城的廚子和整個廚房材料也被搬了上來，為的就是不耽誤情人節中的餐廳宣傳。

雲千千帶著九夜過去的時候，人家連代金券都沒要，直接豪爽的送給兩人一個包廂又附贈一桌子菜餚……在這樣特殊的日子裡，又是這樣特殊的人物，只要她不出去搗亂，大家就已經謝天謝地了。別說是一桌子酒菜，哪怕就是再來十桌子也願意送啊。

兩個人吃不完，順便把水果樂園的高層幹部們都叫來了一起腐敗。彼岸毒草這個吃裡扒外的居然還抓來了唯我獨尊。

「妳這風頭可是大了。」唯我獨尊坐下來就先給自己倒了杯酒，舉杯嘆口氣：「看到現在我也服了，彼岸跟著妳確實比跟著我有前途。」

「那是，我慧眼識英才啊。」雲千千甚感欣慰，看這蹭吃蹭喝的傢伙也沒那麼不順眼了。燃燒尾狐不知道從哪弄了一個水晶球摩挲擺弄。「我算了下，今天是個難得的黃道吉日，妳要不要順便和九哥公證了？」

這不土不洋的，弄個水晶球喊黃道吉日，你怎麼不去五星餐廳喝啤酒？雲千千白他一眼。「是個人都知道情人節是好日子，再說我和九哥很純潔……」

「是，妳純潔得跟流氓似的……」零零妖白她一眼。

彼岸毒草和唯我獨尊說了幾句話後，走過來把其他人轟一邊去了，坐到雲千千身邊問道：「先別說別的，剛我和唯我獨尊商量了下，覺得公會現在差不多應該升級了，妳怎麼想的？」

「我無所謂，你要想升級我回頭把任務流程整理出來給你。但是人從哪招？我們現在的規模都還沒招滿員呢，再進來人就不一定都能是隱藏高手了。」

「又不弄全明星隊，隱藏高手有三百個已經很不錯了，別人弄到十級公會都不一定有妳這家底。」彼岸毒草猶豫了下，看了眼唯我獨尊後咬牙道：「任務能給獨尊看嗎？他也想升……」

「很好啊，生男生女？」

「……升級公會。」

「哦。」

哦？這是個什麼意思？

從內心情感角度上來說，彼岸毒草是很願意幫唯我獨尊一把的，畢竟是幾年的朋友，說斷就斷弄得冷冷冰冰的也不現實。可好在他畢竟還是一個很有責任感的男人，知道自己現在是別人的副手了，自然不會真幹那吃裡扒外的事情。

無間道之類的事情雲千千幹得出來，無常如果無聊了沒準也會玩上一把；但是彼岸毒草卻絕對不會，他不管怎麼算計籌謀，都是在堅定立場的基礎上……

這是他唯一明顯勝過無常的地方，用起來絕對放心。

雲千千抓了彼岸毒草去開私聊：「小草，我個人覺得幫同盟公會一把這種事沒什麼不可以的，但這話不應該是你幫他說。」

這樣她會少了敲詐或是施恩讓人感激的機會。所謂同盟也不是完全平等的，有高有低，總得有人伏低認個小；不然以後真有需要聯手的時候，意見不合是很容易出現大問題的。

雲千千認為自己掌握的遊戲知識能讓自己擁有不少的先機，她也沒有敝帚自珍的意思。無論什麼情報都只是前期值錢，等氾濫了之後想說別人都不見得愛聽。可是在它還稀罕的時候，自己拿捏在手裡，多少也能在別人那裡占點上風。

人。

彼岸毒草如果一直都是這麼照顧兄弟的心態，很難說唯我獨尊會不會知恩圖報，畢竟那是個有前科的人。

而且最關鍵的一點是，如果彼岸毒草沒認識到他的錯誤，一直覺得雲千千理所當然的應該去付出或共用些什麼……當這一切成習慣後，某一天如果她有不願意的時候，彼岸毒草會不會對她心存不滿？

升米恩，斗米仇。雲千千不想慣得有人誤會她對誰應該存在著什麼義務。

「……我覺得這沒什麼吧，獨尊和我認識那麼久了。妳也知道，他面子薄，嘴又笨……」彼岸毒草有些為難。

雲千千看出來這人是一個護短的了，但有些話又不能不說。皺眉想了想，她盡量委婉道：「他又不是女孩子，也不是不懂事的小孩子了，難道一輩子都要你幫他出頭說話？我知道你是個挺朋友講義氣的人，但幫朋友不是這麼幫……」

如果雲千千明說要削唯我獨尊的面子，讓人知道感恩的話，彼岸毒草也許會覺得有些不舒服。但話換個角度這麼一講，彼岸毒草也不得不承認這確實是很客觀的在為唯我獨尊著想了。

確實不能幫一輩子，畢竟他已經是水果樂園的人了……彼岸毒草嘆口氣：「行，我們先做任務，回頭我提點他一下，讓他親自來跟妳說。」

「好，放心，我不會為難他。」頂多敲點油水……雲千千終於放心。

一件事情就此敲定，彼岸毒草也不再提任務共用的事情，裝模作樣的和雲千千傳杯換盞喝得熱鬧。唯我獨尊雖然有些詫異，但腦子直，並沒多想，只以為是要慢慢商量，詫異了一會也就不再糾結，很快和桌上其他人打成一片。

熱鬧了一會，君子從外面提交了申請要進包廂。雲千千一通過，門很快就被推開了，君子愁眉苦臉的走進來。

「喲，這不是師兄嗎？」天堂行走眼睛一亮，笑呵呵端杯酒走過去。「看你這不開心的樣子，是不是出了什麼事啊？」

他一副典型三姑六婆的嘴臉，看得君子都恨不得揍一拳上去。

「好久沒看到君子了啊。」雲千千也感慨，順手拍了三缸酒上來。「叫了大家都來，就你老不到。遲到自罰三缸。」

君子冷汗刷刷。他只聽說過自罰三杯，沒聽說過這量詞有按「缸」算的。雖然遊戲裡大家酒量都比現實強上不少，但這得按法力值換算，自己明顯不是純智路線……

擦把汗，君子連剛才進來鬱悶的事情都忘了，直勾勾的看著雲千千手邊那三缸酒：「還是算了吧……我一個人獨占那麼多不好，而且貴……」

「沒事。」雲千千很豪爽：「今天的酒菜都是免費的，不喝白不喝。」

「……」難怪了……

雲千千說喝三缸只是個玩笑話，當然沒人真想把誰給灌趴下。說笑了幾句之後，雲千千把酒缸子又塞回桌子下面去，君子終於鬆了一口氣坐過來，很上道的自覺舉杯：「我還是自罰三杯吧。」

「出什麼事了這是，臉色這麼差？」雲千千摸摸下巴看著君子，怎麼看都覺得對方這神色有點痴恨的感覺，彷彿舊社會被壓迫的良家婦女，於是想了想又問道：「難不成被毒小蠍逼婚？哈哈，玩笑玩笑，別介意……」

君子的臉瞬間就青了。

雲千千笑聲漸歇，看人半天沒接話，終於也品出不對勁了，沉默一會後，突然猛的站起，結結巴巴、詫異的指著君子：「難、難道我說中了？」

「……嗯。」雖然不願承認，但君子最終還是臉色難看的點了點頭。

滿席皆靜，一瞬間整個包廂只剩下唯我獨尊喝酒吃菜的聲音。

水果樂園的老人都知道君子和毒小蠍的事情。那個開工作室的女孩追著君子屁股後面也不是一天、兩天了，雖然男方一直沒什麼表示，但這兩人之間的相處互動看著就透出那麼一股子啥夫啥婦的味道。

雲千千只是想到今天剛開了結婚系統，偏偏君子就沉著臉一副不爽的賣身樣子走進來，自然而然的把兩件事情聯想到一處開了一個玩笑……沒想到，她居然無意中就這麼真相了。

雲千千沉默一會，小心問道：「那你打算怎麼辦？」

「不怎麼辦，我把通訊器關了，這次就是來和大家聚聚當告個別，接下來打算出去雲遊四海。」君子咬牙，臉色凝重：「最近一年半載的都不會回來了，大家別太想我，實在有事的話就寄郵件吧。」

雲遊四海……雲千千暈了下，感覺自己彷彿看到了電視上那永恆的狗血劇。

「那祝你雲遊中早日邂逅到一個純潔美麗的女孩，讓她撫慰你那內心的創……呃，看你眼睛瞪得那麼大，莫非是不願意？」

「我是不會被一個女人綁住的。」君子猛的頓下手中杯子，堅定道。

「嗯，我支持你。」雲千千幫自己的手下打氣，接著瞟了眼腰間亂叫的通訊器，道了個歉：「不好意思，我接個電話。」

桌面上的其他人回過神來，紅光滿面的開始追問這驚天八卦的具體細節。

雲千千抓了通訊器到窗邊接通：「誰？」

「我，毒小蠍……敢掛通訊我立刻發萬金懸賞殺妳全家。」

雲千千手忙腳亂的把快按到切斷鍵的手指縮回來，擦把冷汗乾笑：「別這樣說嘛，大家那麼熟，我怎麼會掛妳電話呢……妳工作室最近生意還好吧？妳還好吧？妳手下都好吧？」

「其他都好，就一樣不好。」電話對面的毒小蠍有點咬牙切齒的味道。

「……我可不可以不問為什麼？」雲千千再擦把汗。

「不行，妳必須得問。」

「……」

「看妳似乎已經默認了，那我就告訴妳吧。」

「其實妳……」誤會了……

「我要知道君子的下落。」

真過分，話都不聽人說完……雲千千故作驚訝：「啊，妳是說從水果樂園登上天空之城那天起就失蹤的君子？我也好久沒見到他了，難道妳知道他在哪裡？」

毒小蠍怒喝：「別跟我裝蒜！」

雲千千覺得自己開始有點明白君子為什麼不喜歡毒小蠍了。這女孩太強勢，霸道得讓人喘不過氣來。如果她是男人的話，肯定也不願意自己身邊有這個女孩跟著，更別說做老婆……

家暴有時候並不僅僅發生在女性的身上，最起碼女人被揍了還有一個家暴中心可以作為庇護；就算不上家暴中心，隨便來場輿論暴力發動群眾一起衝男人吐口水，那心理壓力都不是一般人能承受得起的，而男人一般只能撫著傷痕默默流淚……

「5000金幣買他下落。」

雲千千臉色一正：「幹了。他現在在XX餐廳十三號包廂，如果妳再加一千我可以順便賣妳一個包廂進入許可權。」

仔細想一想，其實強勢的女人也沒什麼不好，不像菟絲花那麼讓人費心，有自我打拚和生存的能力。男人如果實在太累的話，娶個這種老婆回家，自己當小白臉也是一種很不錯的時尚生活方式……至於家暴就更不成問題了。

沒有壓力哪能促進男人的自我進步？人總是要在磨練中才能不斷成長，天將降大任於斯人，必先勞其筋骨、勞其筋骨、再勞其筋骨……

十分鐘不到，毒小蠍氣勢洶洶的率領一干打手殺到。

包廂門一開，君子頓時嚇得掉了手中的杯子，回味半天後終於回神，欲哭無淚的看著雲千千：「我知道我在妳的心裡不重要，但妳怎麼能這麼對我……」

「別這樣說嘛，很容易讓大家誤會的。」雲千千在毒小蠍瞪視下擦把汗，好聲好氣的安撫君子：「其實小蠍是個很好的女孩，你以後一定會感謝我今天大力的成全你們……」

「我不想知道以後會怎麼樣，我只想知道妳究竟把我賣了多少錢？」君子繼續淚流。

「這個……感情是無法用錢來衡量的。」

「妳……」君子顫抖著用手指指向雲千千，還想說些什麼。

毒小蠍已經不耐煩讓他繼續磨蹭時間了，一揮手，命令道：「把他抓走。」

君子二話不說跳窗脫逃。

毒小蠍一跺腳，氣憤道：「還不給我追！」

來也匆匆，去也匆匆，本來一觸即發的場面隨著當事人的離開而瞬間消弭於無形。整個包廂的人都默默看雲千千。

雲千千坐回來，笑呵呵舉杯：「大家都吃啊，看著我做什麼？」

019 有情人終成怨屬!?（下）

吃頓酒席的時間，雲千千至少收到二十份結婚喜帖。

喜帖這種東西是男女玩家申請結婚後系統送的。

遊戲裡的結婚很麻煩，要去各地神殿找偏殿祭祀申請，然後繳手續費若干，之後可以領到定式男女結婚禮服如婚紗類、見禮喜帖一百張、隨機加贈某增益效果的喜糖兩百顆、神殿配備未成年小蘿莉、小正太各一隻，可供托頭紗、撒花瓣等等……再之後就可以轉道去正殿找主教舉行結婚儀式了。儀式完成後，新人及見禮賓客皆可獲得攻防翻倍一小時的增益效果……

當然這只是形式上的東西，實際上婚紗還可以穿自己訂製的；沒喜帖也可以去看熱鬧，只是沒座位且

不能進場……

反正一切細節都可以商量，你就是直接公證不辦婚禮也可以，最主要是錢繳足夠了就行，不然不蓋章。

順便一提，遊戲已經增強管制力度，現在再敢無證親嘴的都拉去關小黑屋……

結婚系統開放第一天，瞧著新鮮想去湊熱鬧的野鴛鴦們肯定不少。這點雲千千倒是早有心理準備，她只是不知道天空之城的神殿能接到幾封舉辦結婚儀式的申請。

舉辦結婚儀式可是沒有專利的，只要有神殿建築配備祭祀、主教就可以。以前結婚系統剛開那會，天空之城還沒開放，最熱鬧的就是四大主城神殿。現在人們目光都集中在天空之城確實不錯，問題是這時間怎麼安排？這又不是單獨分配給一隊的獨立副本……

雲千千看著眼前二十份喜帖上如出一轍寫著的「儀式神殿：天空之城」，就如同看到了一個血淋淋的戰場。她忍不住有點幸災樂禍：「我們去看看熱鬧吧，啊？」

「不去。」九夜提酒壺，白了她一眼。「有什麼好看的。」

結婚儀式？不就是一對男女當眾說你願意嗎？我願意嗎？眼淚花花的賭咒發誓愛你一萬年，無論疾病窮苦，之後還要感謝爸爸、媽媽養育之恩，感謝親朋好友調和介紹，感謝小貓、小狗，感謝那個下雨天與你相遇時使用的道具折疊傘……理直氣壯的回家XXOO後，不高興了該離的繼續離，該爬牆的繼續爬牆，該包小三的繼續包小三……有意思嗎？要想看戲他去看電視多爽，雖然是假的，起碼演員們的演技比這好多了。

何況……何況這還就是個遊戲。

九夜心目中的夫妻，是那種牽手到戶政事務所公證後，轉頭回家照常買菜煮飯過日子的。這儀式……不過是做給別人看罷了。

零零妖在旁邊偷笑，順便不厚道的揭人老底：「九夜對這些事情不感興趣。以前不少女孩子喜歡他，就是被他這不解風情打擊得鎩羽而歸、沒能得逞，連能跟他搭話相處上一個月的人都沒有……」他說完，意味深長看了眼雲千千。

在零零妖眼裡，這女孩已經能算是碩果僅存的奇葩了。

雲千千聽完很是憂慮，苦口婆心勸道：「九哥，你這樣很不好……」

「哪不好？」九夜問道。

「這裡那裡都不好。」

「……反正我沒興趣看結婚儀式。」有這工夫他寧願去多推幾隻BOSS……其實認真算起來，今天還是他休假，要不是無常臨時急召的話，現在他應該在家睡覺，或者在拳擊館找人打架……

身為一個女孩子，帶一個未婚男人去看別人的結婚儀式確實不大好。一般這種場合搭伴出場的都是曖昧情侶關係，就是自己沒醒悟等待大家點明的那種。兩人不管高調、低調往賓客中一坐，等認識的人發現就會上來搭話。

「馬的，你們怎麼一起來了？」然後回話如何基本上不重要，反正最後肯定所有人都會無比肯定確定以及堅定兩人的情侶關係。

之後兩人尷尬對視，慢慢恍悟：「對啊，為毛我會那麼自然和他（她）一起來這種地方？大家都說我們肯定有姦情，難道……」

再然後，窗戶紙將破未破，兩人各懷心思再臉紅曖昧一陣，隨便再來點什麼意外一吻、情敵誤會、周圍八婆推波助瀾之類的狀況後，一方終於確定自己心意咬牙告白……接著，接著就大功告成了。

雲千千一想起這套模式也是覺得牙酸。要她帶別人一起去結婚儀式倒不是不行，主要怕最後除了誤會緋聞男主角換人外，其他結果都差不多；再而且，關鍵是其他人沒九夜那麼能打……於是左思右想後，雲千千終於發話了：「要不然，大家一起去吧？」

喜帖有二十張，每張喜帖可以在儀式開始後解鎖兩個座位，也就是說可以去四十人……問題這些帖子上的主角都是不同隊，究竟誰能先舉行婚禮？

這點雲千千也沒底，她主要就是想親眼見證這結果。

聽說了天空之城的神殿前可能會有的大型糾紛後，眾人終於來了興趣。反正吃飽了要運動運動，去看看熱鬧沒什麼不好。在大眾的贊同意見下，九夜就這麼被忽略，無可無不可的隨大主流加入了見證的隊伍中去。

「高階滿技能騎士，會野蠻衝撞，視力好操作一流，帶隊衝擊禮堂一次5金，已成功搶得四次神殿，有信譽保證。」

「超強劍氣封符石大拍賣，每顆3金，能撞開半徑一公尺的大圓，讓您暢通無阻開闢一條通往幸福的康莊大道……」

「XX傭兵團組團占位，僱傭一次僅需10金，無須任務委託，先錢後帶人。」

「破爛裝備武器道具藥品新娘等各種回收……」

「九百九十九大團束玫瑰10金一捆……有沒有人要買玫瑰花……」

「52級溫柔體貼英俊勇猛帥哥徵婚，錢已帶齊，缺個新娘。」

「叮叮糖～叮叮糖～～」

天空之城的神殿前無比熱鬧，各種小攤小販賣藝賣身的玩家齊聚一堂。

雲千千等人到時，看著熙熙攘攘得連一根針都插不進去的擁擠人群，再一次深刻的認識到了計畫生育這項基本國策的必要性。

「看來要結婚的不止二十對啊。」雲千千手搭了個涼棚，踮腳眺望。

神殿門口已經被人群堵得死死的，隱約能看到神殿裡面有一對正在舉行儀式；除主角及其賓客外，其他玩家都在外面等著，一副排隊買火車票的樣子，坐的、站的、吆喝的都有。

彼岸毒草也有些微懼的神色：「寄給妳的喜帖就有二十張，那些沒給的肯定更多……這個……擠進去觀看婚禮會不會判定PK掉血啊？」

「應該不會吧，目前為止還沒聽說過看結婚被擠死的。」

「目前為止？」彼岸毒草瞪了她一眼：「今天才開的結婚系統，妳能看到幾對就那麼有經驗了？」

「呃……」總不能說她上輩子看的多吧……雲千千噎了一個，還真不知道該怎麼回答這個問題。

九夜一到人多的地方，尤其是看人家還擠得這麼滿當的地方，立刻就會有種手癢想放群招的衝動。這完全是平常練級時拉怪、聚怪、群怪三步驟重複太多後的下意識習慣反應。現在發現眼前的玩家們聚得那麼好，他就想群了，忍著興奮衝動，盡量克制問道：「殺進去吧？」

「靠，這可是我的地盤！」雲千千趕緊擋在九夜前面按下他的手，惡狠狠、非常認真道：「你給我死命記住，這些人都是我們天空之城未來的消費主群體，一個都不能動……除非他們先想動你。」

眼前這情況，想靠正常辦法走進神殿實在是太困難了，雲千千根本沒把握自己能衝得進去；而且看這樣子，擠雖擠，大家卻很有默契的沒有打架搶地盤的意思，料想也是因為天空之城的軍備力量太強，沒人敢捋虎鬚的關係。

雲千千看了一會有些失望：「看又看不到，進又進不去，有什麼意思啊？」

旁邊就在這時傳來一個聲音接上：「您想進去？」

「想啊，怎麼不……呃，你怎麼在這？」雲千千反射性回答一半才覺得不對，一轉頭，就看到程旭配給自己負責管理天空之城的那個執事正站在身邊，欠身恭敬的看她。

「該地區聚集冒險者太多，因為怕發生暴動，所以這裡特別加強了巡邏警戒力量，我是例行巡視……」認真回答完雲千千問題，執事很恭敬再道：「城主大人請跟我來，我們有後門可以進入神殿。」他說完，做了個請的姿勢。

走後門耶！雲千千從沒想過自己有一天也能成為光榮的特權分子中的一員，很開心跟上，順便不忘拖上九夜和其他人。

雲千千等人跟著執事和前方開道士兵從神殿後面插隊直入正殿，裡面的主教剛好舉行完前一對新人的儀式。

主教將好奇打量雲千千幾人的一干玩家送出正殿後，執事連忙迎上去說了幾句話，之後主教很慈藹的看雲千千：「城主大人也想舉行儀式試試嗎？」

「光舉行儀式？」不註冊？

主教點頭：「是的。」

「有增益效果？」

「沒錯。」

「免費的？」

「呃……是的。」

「那來吧。」雲千千拉九夜過去在人面前站好。

主教開始比劃祈禱，祝詞。

雲千千毫無莊重感的嘻嘻哈哈跟目瞪口呆的彼岸毒草幾人以及詫異的九夜解釋：「沒事的，我和九哥沒繳錢註冊登記，又沒事先買對戒灌注夫妻技能，不會真扣上結婚夫妻稱號的。儀式只是給增益效果。實際上，在偏殿註冊繳納手續費才是正式結婚，那裡一完成就是正式夫妻了……這就好比去戶政事務所公證和飯店擺酒席，這裡是排場，實際上並沒有約束效……」

雲千千話還沒說完，主教祈禱完畢，一道白光從天而降，罩在雲千千和九夜身上。兩人同時聽到耳邊系統提示：「恭喜結婚儀式完成，二位正式成為夫妻。您現在可以親吻您的新娘（新郎）了，祝您和您的伴侶遊戲愉快，百年好合……」

雲千千汗：「……」

九夜狂汗：「……」

創世紀遊戲監控室中又是一片死寂，這回是因為那位網警部的大神——林部長身上冷氣太強的關係。

「……這是怎麼回事？」林部長笑得詭異、笑得突兀、笑得毛骨悚然，鏡片後的狹長鳳眸一瞇，寒光直射旁邊的程旭：「你們的資料上不是說結婚要去偏殿登記？」

程旭擦汗，乾笑著強鼓起勇氣打哈哈：「哈、哈哈……恭喜您部裡的幹部結婚……」

「我不是問你這個。」

「這個……要解釋起來有點複雜……」程旭淚流滿面。

彼岸毒草幾人沒聽到系統提示，不知有變故，還欣慰的鬆了口氣：「還好還好，我們剛還以為你們真想結婚呢，哈哈哈……」

哈哈個屁……雲千千淚流滿面的揪過主教的領子惡狠狠問道：「為毛我們結婚了？」

旁邊幾人的哈哈聲戛然而止，彼岸毒草幾個被這突兀的消息震得大腦一片空白，猛的突瞪了眼睛，像被人掐住脖子一樣。

正殿一片死寂，所有人都石化了。只有狂擦汗的九夜難得失去了冷漠，很是震撼於自己竟然無意被嫖的事實。

沉默許久後，主教吶吶道：「不是你們自己說要舉行儀式……」

「對啊，我們只是舉行儀式，可是沒打算去公證，再說也沒戒指……」這年頭，連想蹭個增益效果都不行了嗎……雲千千傷心委屈恨。

「主城級別的城主在自己領地結婚是不用辦理這些繁瑣手續的，只要儀式完成就算婚約有效。」執事波瀾不驚，依舊笑咪咪的，另外順手遞來一對對戒。「每片主城級領地上的首位冒險者城主結婚都會獲得該城城主佩戒，除了有基本夫妻技能外，還附贈夫妻傳送功能和屬性加成……」

「……」雲千千沉默。

擁有主城級別領地的城主太少了，以前雖然出現過，但那時遊戲已經發展了很久，該結婚的早結婚了，這項設定自然是沒有機會體現的。

長年江邊打雁，居然還會被雁啄了眼……她錯就錯在自以為了解規則，想偷奸耍滑……

「傳送功能？」九夜的注意力小小的偏移了下，看了眼執事手中的精美對戒。

「是的，夫妻雙方可以使用該功能傳送到自己的伴侶身邊，也可召喚伴侶，但前提都是必須得到對方同意。」畢竟還有個個人隱私的保護限制，想要無所顧忌的隨意召喚或傳送都是不允許的。

雲千千小小的安慰了下：「這功能倒是很實用。」就是代價太大……

「九、九嫂……」彼岸毒草終於回神，有點不能接受現實，大受打擊的看著雲千千，試探著喊了聲，被瞪之。

「……那麼桃哥？」彼岸毒草再看九夜，試探著喊聲，又被瞪之。

兩邊都不受喜歡，彼岸毒草終於沉默，傷心淚流、明媚憂傷的四十五度角望天……這日子真是沒法過了。

執事心理資質很好、很過關，視而不見男女主角及主教再及彼岸毒草等見禮賓客的詭異反應，捧著對戒繼續盡職盡責的講解著接下來的事情。

「城主對戒是綁定物品，不可銷毀，不可轉讓，不可交易，不可……下面請城主和九夜先生戴上戒指，外面的遊行車隊已經安排好了，全城將在遊行開始後，進行為期三天的大型慶祝活動，並由各族獻上賀禮……」

城主結婚戒指……

名字：天空的榮耀。

擁有者：九夜／蜜桃多多。

屬性：會心一擊+5%，全屬性+5，HP+1000，MP+1000……

強悍的屬性，有賀禮……除了莫名其妙多出一個老公外，一切還算圓滿。雲千千抓著戒指套上左手無名指並自我安慰，反正她也沒看上什麼想結婚的對象，蹭個第一高手夫人也不錯。

對了，無常知道這件事後表情一定很精彩……想到這裡，雲千千終於重新雀躍，很開懷的拉了九夜套著戒指的左手，向頭頂上方不知在哪個角度的監控點揮舞示意。

「眼鏡仔你看到了嗎?記得來喝喜酒啊!」

監控室中，除了愈加冰冷的冰山林部長以外，所有人一起淚流滿面……

大姐，您別玩了行嗎……

創世紀中的首屆情人節活動是熱鬧的，是充滿了激情和各種驚喜的。

天空之城在情人節這一天開放了，結婚系統也在情人節這一天開放了。

這兩者的結合本來就已經足夠吸引注意力，可是玩家們很快發現，這一切還遠遠不夠精彩。最精彩的，是在情人節下午時出現的天空之城全城慶祝活動，天馬駕馭的遊行車隊、滿城天使飛舞歡歌、繽紛的花朵粉霧、曼妙舞動的精靈族少女……各種美好中，天空城主蜜桃多多大婚的喜訊迅速傳遍了創世紀中的每一個角落。

一石激起千層浪……

純情的M杯具了，他已經成功舉行了半天活動，拉回了不少注意力，沒想到一個結婚慶典就讓他的一切努力再次付諸東流，所有玩家都去關注遊行慶典了，根本沒有人要理他……太過分了，他要寫信投訴創世紀嗚嗚嗚……

默默尋拉開通訊器咆哮：「死水果我幫妳做了這麼多宣傳，有這麼大條新聞居然不告訴我？為什麼不告訴我妳要結婚？為什麼不讓我做婚禮採訪？為什麼……」

雲千千狂擦汗：「這回真的不是我不告訴妳，主要是事情發生得太突然了。」

「突然？是求婚突然還是被示愛突然？你們什麼時候勾搭上的？說！」默默尋繼續咆哮。

「這個……其實我們一開始也沒想到過會結婚……一不小心就……」

「一不小心？你覺得我會信嗎？靠！」

「妳別激動……」

「激動妳個毛球啊！」

「……別說髒話嘛……」

「髒話妳個毛球啊！」

「妳……」

「妳妳個毛球啊！」

「……」默默無語的切斷通訊之，順便把默默尋拉進黑名單，雲千千擦把冷汗，決定十天半個月內暫時都不要把對方拉回好友名單了。這女孩情緒太過激烈，還是冷靜一段時間的好。

混沌粉絲湯笑呵呵的派人送來賀禮，附上書信一封，上書「新婚大喜」，順便求內幕分享。

水果樂園內眾成員及雲千千好友名單內諸人都是在天空之城遊行慶典後才輾轉得知蜜桃已經找到蜜桃樹的事情，震驚之餘紛紛欣慰，盼望這女孩能看在她自己新婚的分上安靜個幾天。

七曜等人則是凝重非常，一邊問著雲千千「妳有什麼陰謀」的同時，一邊發短訊給九夜表示安慰，勸說對方千萬不要因為這一次失足就對未來的人生產生絕望情緒，更不能失去信心，大家都會一直在你身邊陪伴和鼓勵著你云云……

雲千千和九夜都沒想到自己二人結婚的消息能引來這麼多方震動，深感意外的同時，最大的感受就是頭大。

換了任何一個人的腰間通訊器叫個不停都會有這感受，更別說還得應付對面不同玩家五花八門的提問，更更別說大多數人都會問到同一個問題：「你們為什麼結婚？」

說這是意外有人會信嗎？顯然沒有。就算有人會信也不能說，這個烏龍擺得太大、太丟臉了。

於是雲千千和九夜一起對此問題表示了緘默，再於是引起大家更多的聯想和揣測。

創世紀中的第一個情人節，就是在這樣亂七八糟的氣氛中終於拉下了帷幕。對於這一天的記憶，所有玩家心中只記得了兩個關鍵字……「結婚」、「蜜桃多多」……純情的M連朵小浪都沒翻起來就被強勢碾壓下去，還有冤無處訴……

他不讓人家辦活動，總不能不讓人家結婚吧？

第二天，無常回歸遊戲，第一件事情就是咬牙切齒的傳訊給一葉知秋：「我決定我們公會和水果樂園敵對！現在，馬上，立刻通知龍騰結盟！」

「啊？」一葉知秋愣了愣，繼而為難：「可是，蜜桃多多昨天才找到我，以三間優惠店鋪的條件和我們結盟了啊。情人節前，不是你說的暫時不要與她為敵……」

「……」死水果！

020 兔子

官匪勾結，這絕對是本世紀遊戲史上最大、最惡劣的一次官匪勾結事件！

無常認為自己有責任且必須嚴肅對待九夜和蜜桃多多的結婚問題，不惜一切代價將九夜從水深火熱之中拯救出來。他要從部裡調派幹將精英，要請資料組抽調分析蜜桃多多的情報檔案，要向上頭申請團隊支援，要……

總之，這一定、必須、肯定得定義成ＳＳＳ級危急事件，重視程度肯定、必須、一定得參照五年前那次中央情報部網路入侵大案……

馬的，這死女人怎麼就不聲不響的把九夜撈走了？最過分的是，趁著自己還沒回來，知道搶先一步把一葉知秋搞定，斷他臂膀……

是可忍，孰不可忍……無常認真的怒了。

海岸海港邊，雲千千點齊人馬正要出海去做任務，突然無常從天而降，攔住眾人。

「哎呀，無常哥。」雲千千視而不見對方陰沉臉色，呼啦一把抓住九夜胳膊，挽著一臉莫名其妙的男主角，甜甜蜜蜜羞澀的望過去。「你是來祝賀我和九哥新婚的嗎？這哪好意思，來來來，我們到一邊說話。」

無常眼中噴火，瞪著這不要臉的女孩手裡挽著的那隻胳膊磨牙。

「無常。」九夜愣了愣，頷首算作示意。

「是不是她強迫你？」無常深吸一口氣，盡量平緩語氣鎮定問道。

強迫？他最討厭就是這種字眼，現在是法制自由社會，講究人權平等，又沒有誰拿著誰的賣身契強按手印，她怎麼就能強迫別人了？頂多是壓迫，靠。

九夜嘴角抽了抽，也覺得這詞有點不可靠：「不是強迫……」

只是個誤會，後來覺得戒指功能還不錯，反正他沒有和其他人結婚的打算；再說自己身邊能接受的女孩目前勉強就一個蜜桃多多，於是想著將就著這麼湊合一下也沒什麼……

「你不要幫她說話。」無常瞪了眼雲千千，截斷九夜話頭。

「我沒幫……」

不聽不聽就是不聽，什麼都是藉口！無常抿了抿薄脣，冷著臉，嚴肅道：「九夜，婚姻大事一定要慎重對待。俗話說妻賢夫禍少，我不求你必須得娶個多好的媳婦，我們網警部的成員找個女朋友也不需要審查，但是不說什麼秀外惠中、宜室宜家，最起碼也得是個良家婦女吧……」

雲千千滿頭黑線，終於聽不下去了：「你冷靜。」這人想太多了，用得著這樣人身攻擊嗎？

她發現，只要一和九夜的事情搭上邊，這個無常就會腎上腺激素分泌過多，失去冷靜的自動進入興奮備戰狀態……這人該不會是一直默默的暗戀著九夜吧？

水果樂園的人早發現這邊的三角關係了，卻根本沒有上前來幫自己會長助威辯解的意思，嘻嘻哈哈的勾肩搭背湊在一起看熱鬧。有幾個欠揍的甚至拿出相機準備拍照留念……

魂淡！看會長有難居然不上來幫忙，還有看熱鬧並販賣新聞曝料之舉動，這群壞小子越來越不像話了，一定要扣他們薪水。雲千千有點走神。

「妳到底有什麼陰謀？」無常冷笑一聲，掉轉槍頭問著雲千千：「千萬別告訴我說妳對九夜沒什麼企圖，一切只是誤會什麼的……據我所知，這裡離婚並不怎麼困難，而且也沒有懲罰。」

「這個，九哥長那麼帥，身手又好人又聽話……別這樣瞪我，這話是褒義詞，真的。」雲千千抓抓頭解釋：「說一點想法都沒有肯定是不可能的，單看九哥那張臉，我會垂涎一下也沒什麼說不過去的……喂，你們兩個再這副表情我翻臉了啊！」

雲千千滿頭黑線，這兩個人一下緊張一下驚慌的，嚴重影響她自我剖析內心的情緒。

無常閉了閉眼，冷靜下，非常凝重的看向九夜：「現在你知道事情的嚴重性了吧？再不撤就來不及了。」快離婚吧，離婚吧，天涯何處無芳草，何況這還只是個狗尾巴草。不要等以後人家獸性大發，霸王硬上弓，到時候自己救援不及，堂堂網警部第一精英就只能捲著被角淚流哽咽……

「不要這樣子，我也沒說已經愛上九哥無可自拔，只是說如果以後真不小心戀上的話也不是不能接受罷了。」再滿頭黑線，雲千千發現無常有點被害妄想症的傾向。

「這就好比你們男人在街上看到一個漂亮小妞，如果對方被流氓糾纏，順手撈著你要假扮下男女朋友。看在能吃點賞心悅目小豆腐的分上，你們也不會拒絕是吧？但是如果對方是如花，肯定就沒這待遇了……嗯，也就是說，我對九哥目前沒惡感，所以將錯就錯沒什麼不舒坦的。至於愛不愛的問題，在遊戲裡談這個是不是有點太奢侈也太不現實了？」

「那麼說，妳根本不愛九夜。當時如果是彼岸毒草、燃燒尾狐或其他什麼人不小心和妳結婚了，妳也能將就？」無常冷嘲嗤笑。

「這麼理解也沒錯。當然了，他們長得沒九哥帥。」

「……」無常僵了下，越加嚴肅的看著九夜。「看到了吧，這女人就是水性楊花。」

「喂，信不信本蜜桃真跟你翻臉？」死眼鏡仔別太過分，得寸進尺小心被雷劈！

九夜看了眼雲千千，再看了眼無常，嘆口氣：「說完了？差不多該開船了吧？」

「……」兩人默。

這話題轉換得太快太突然，男主角顯然半點沒有在這個結婚問題上繼續糾纏的意思，他倒是很能隨遇而安、安之若素……莫非大家都是白操心他的心理情緒問題了？

知道九夜暫時無心，蜜桃多多暫時無意。

無常總算是能夠稍微鬆下一口氣。不管怎麼說，事情還有挽回的餘地，等他回去慢慢想想，找個穩妥的時間再押兩人去離婚也不遲……

抱著這樣的心態，無常總算開恩，大發慈悲的放兩人離開了。

水果樂園全會登船，準備穿越大海去尋找新大陸。

雲千千站在船舷看岸上冷著臉的無常，怎麼想怎麼覺得不自在。本來這婚結得她根本沒放在心上，被對方這麼緊張逼問，倒還真有點梗著了，像喉嚨裡卡根骨頭似的噎得不舒服……至於嗎，這不就是一個遊戲？

雲千千想著想著，水手NPC們將錨收了上來，船隻開始緩緩離岸。雲千千突然轉身一撲，猝不及防的跳進身邊愕然的九夜懷中，伸手臂把人小腰一攬，甜膩膩抬頭喊道：「九～哥～～」

她眼角一瞄，果然成功看見無常臉色一剎那轉變成鐵青色。

下一個瞬間，冷面閻羅變身暴龍怒吼咆哮：「妳果然是有陰謀，給我回來！」

活該，死眼鏡仔，老娘就搶你男人了，你能把老娘怎麼樣？雲千千站在越駛越遠的船上，笑得猥瑣，一手抱九夜一手衝人揮手告別，還順便丟個飛吻出去。

九夜僵著身子任人吃豆腐，額角太陽穴一跳一跳，滿頭黑線……

這傾情一抱再次第一時間被刊上創世時報，第一陰人和第一高手婚姻生活和睦、感情升溫的消息迅速傳遍遊戲中每一個角落……

至於是誰爆的料？哼，肯定是內奸。

創世紀裡公會升級並不是簡單去辦個手續、繳點錢就可以了，還得有個公會榮耀度的問題。這跟公會完成公會任務後可獲得的聲望不同，屬於另外一個計算類別。

想要獲得公會榮耀的方法只有一個，那就是獲得主城嘉獎。簡單來說，就是要讓一方國主認同你的公會，這樣才有資格升級。

探索征服新大陸、在大型活動中協助主城度過危機、完成大型任務等等，這些都是獲得主城嘉獎的途徑方式。後面幾種嘉獎都是要等待時機的，沒有天時地利人和，比如戰爭一直不爆發，那再想升級也沒用，國王根本不鳥你。

唯一可以主動掌握的，就是去探索征服新大陸……這個也有難度。除了征服的難度外，最主要的關鍵問題是怎麼在茫茫大海上找到新大陸。

要知道，遊戲裡的地圖和現實可是不一樣。大陸版塊分布不僅遠，而且毫無線索可循，除非能走狗屎運碰到海外潦倒水手，或者從魔界或神界商人那裡買到隨機刷新的新大陸地圖，不然在海上耗到餓死也不是不可能的事情。

雲千千對航海畢竟沒有什麼天賦，能記住的新大陸航行路線也只有寥寥幾條而已，不過這用來折騰自己的公會倒是夠用了。她順便還能多開發一塊甚至幾塊領土。

當然了，她給一葉知秋和唯我獨尊等人的方法則不是這個，而是大型任務的開啟點。那個要耗費一點錢錢，要等待任務開啟，而且完成後還沒有領土獎勵……不是她不厚道，實在是親疏有別，人不為己，天誅地滅。

船在大海上航行了許久許久，其中雲千千下線睡覺一次，吃飯三次，上廁所四次，看電視劇一次，逛街採購一次……整整五天遊戲時間後，整船百無聊賴釣魚、曬太陽的水果族們才終於見到陸地。

「建傳送陣！一定要先建傳送陣！」雲千千一登陸，握拳惡狠狠的先來了這麼一句。

旁邊的彼岸毒草心有戚戚焉的跟著連連點頭。

征服新大陸後可以建造屬於公會自己的聚集點。因為公會資金和材料的關係，再加上這次沒有樂善好施的精靈城主幫忙，所以水果樂園領導層幾次開會討論，研究應該先建哪些建築，而哪些建築又可以緩上一緩。

本來彼岸毒草建議的是主樓、倉庫、軍營訓練場……傳送陣等可有可無的福利設施則可以放到以後手頭寬鬆的時候再行考慮。

沒想到五天航海生活耗掉了所有人的耐心，現在水果樂園的人都有點暈海的心理陰影。他們天天看到的就是海天一色，下海打怪，上船烤魚……

這樣的日子太過枯燥，所有人都覺得難以忍受。

於是傳送陣就這樣必建不可了。哪怕把其他建築的進度緩一緩都行，傳送陣先弄好，以後再想來就不用坐船坐到想死了。

兩大水果巨頭一答一應之間，拍板敲定聚集點的建築順序更改。

旁邊早已經升任彼岸毒草助手的孽六則早已經拿了個本子出來，在公會頻道聲嘶力竭喊話，以求讓興奮的水果族們都能聽到他的聲音：「現在是自由探索時間，在船上自由組合好的滿員隊伍可以先離開了，沒滿員的隊伍來我這裡登記一下，實在不想再加別人的隊伍，要求最少也得有三人……安靜安靜，不要吵、不要鬧……靠，剛才誰在公用頻道吹的口哨？」

雲千千搖頭嘆息：「小草，你這個助手是不是被壓榨得太狠了？事情也不能全交給下面人去做嘛，偶爾你還是得出一下面才行啊。」

彼岸毒草默默中指鄙視之，斜睨一眼過來：「從來沒有出過面的正會長有資格跟我這個副會長說這種話？」他就是苦力，桃子家的廉價僕人，無薪水，就為個知遇之恩做牛做馬、要死要活的貢獻青春、燃燒生命……難得現在自己也有一個壓榨對象了，多利用一下也不行嗎？

「最起碼幫人家設定一下發言權限啊。」雲千千撇撇嘴，順手把公會頻道設置成僅允許堂主以上成員發言。

果然，下一個瞬間，本來喧嚷的公會頻道一下變得安靜起來，靜可聆針。孽六怔了怔，接著轉頭眼淚花花、飽含深情的看著雲千千。

「看吧，舉手之勞就能給人家解決多少麻煩。」雲千千感動，轉頭和顏悅色再對孽六道：「不用太感激我，快安排工作吧。」

孽六依舊淚眼哽咽：「會長，我不是堂主級以上的，也被禁言了……」

「呃……」雲千千語塞。

彼岸毒草鄙視，順手把孽六提拔成長老。後者還沒來得及激動振奮，他就先提前聲明：「只讓你做五分鐘長老，趁這時間趕緊把事情說完。」

「呃……」孽六語塞。

雲千千的隊伍毫無疑問還是老班底，九夜、燃燒尾狐、零零妖和彼岸毒草。其實嚴格說起來的話，這樣的隊伍分配並不合理。首先，最大的缺憾就是一個牧師都沒有，一旦小隊遭遇什麼突發情況的話，很容易就會陷入危機。

其次是沒有控制系的人員。雲千千和九夜都是轟炸機型的主要火力輸出，燃燒尾狐屬於神棍兼輔助陣師；彼岸毒草算遠端，操作還差勁；零零妖也遠端，操作勉強算可以，但比起修羅族兩個人則是遜色得多了。

這一隊人一看組合就知道是橫衝直撞、勇往直前、有來無回型，不成功便成仁。沒有花巧，沒有迂迴。可是沒辦法，已經配合得太順手了，不是熟人就是熟人，丟下誰都說不過去。

雲千千點算下空間袋裡的藥品，世外高人般深沉遠目看向島內深處……嗯，該島嶼小怪平均 60 級，BOSS75 級，九哥應該頂得住，夫妻技能還可以幫伴侶加下血……不怕不怕，應該沒問題。再說自己速度最快，到時候實在不行，應該也能跑得掉……

集合好隊伍，四人跟著雲千千直接開向 BOSS 所在地。島上小怪和其他精英 BOSS 交給其他人。地圖太大了，想集合起來推壓的話，肯定耗費時間，只有散開來分工合作。

一路砍瓜切菜般屠殺小怪，衝出一條血路，小隊直衝入某營地周邊。營地是一個村莊造型，內中有土著NPC若干。村莊中心最醒目的建築是一個神廟，不知道是什麼神，雲千千對這種過場劇情中的小部族向來沒有什麼記憶。

不過看起來小神也有小神的神通，村莊整個被一層結界包裹；而結界只要稍被觸動，裡面的土著NPC們就會第一時間察覺並出來查看。

雲千千找了一個離村子出口最遠的位置，帶人爬上樹找了個高位觀察隱蔽，接著先支使九夜出去在某一點連技猛攻，零零妖飛針和彼岸毒草再射箭掩護。

「劈劈啪啪」一串如雨點般密集的猛攻後，結界閃爍明暗，裡面的土著第一時間衝出來，唧唧呱呱的邊喊邊朝這邊跑來。

計算著時間差不多了，雲千千一個召回，九夜丟下一隻兔子，接受召喚回到樹上。

土著們趕到時，結界旁邊一個人都沒有，只剩一隻純潔可愛的小兔兔蹲在結界旁邊，無辜深情的凝望眾人。

「是兔子？」土著甲愣了半天後，率先道。

「是兔子，是兔子！」其他土著回神，也忙向後面的其他人轉達這個情報。

彼岸毒草蹲樹上抽搐，小聲的在隊伍頻道不可思議問道：「這群人真傻，難道他們真相信兔子能弄出這麼大動靜？」還好他射出的箭枝什麼的，在攻擊到目標或飛出一定距離後會自動銷毀。不然要是這群人看到滿地箭枝還能以為兔子是凶手的話，他會更加懷疑對方智商。

「是、是傻……」雲千千握拳頂著肚子壓抑笑聲，一手扶著樹幹防止自己掉下去。「這裡的NPC很淳樸，沒什麼心機……嗯，這勉強算是個Bug吧，或者你也可以把它理解成攻略……」她說完，到底是沒忍住，手一個打滑滑了下去。

九夜鬱悶的出手，把差點掉下樹的這女孩拎回樹幹上重新坐好。

「那我們這麼慢慢消耗結界血條就行了？」燃燒尾狐問了句，順手捏銅板算了下並報告：「下面土著都只有60級。」

「嗯，60級。」雲千千蹭了蹭，找個粗壯點的位置謹慎蹲好，繼續解釋：「主要是敵人太多，這裡一打結界引來的仇恨就是全村。他們足有幾百人，一整片碾壓過來還是令人受不了，所以如果不能頂住的話，最好還是迂迴下……最關鍵是，我們沒占領新大陸就無法在此地設置傳輸陣，死回去後又得坐五天船才有辦法到達。」

本來九夜已經想表態下去試試了，一聽要再坐五天船就沒吭聲。他倒是不怕旅途無聊，關鍵是這樣效率太低下。

下面的土著們「兔子兔子」的嚷嚷激動了一會後，終於慢慢散開了，臨走前順手把「膽敢破壞結界」的那隻兔子拎回去加菜。

樹上眾人眼睜睜看著下面的土著們都回到村莊，各回各位之後，這才重新開始動作。

九夜竄下去，在原來的位置處開始新一輪的刀光劍影、拳打腳踢，不求最好但求最快；彼岸毒草和零零妖則是繼續掩護，劈里啪啦的照九夜攻擊的位置處發射暗器箭枝。

剛剛回村沒一會的土著們又一次被驚動，以轟隆隆的速度跑來。又是在他們到達發現的前一刻，九夜不慌不忙收招，再丟下隻兔子，淡然鎮定接受雲千千的召喚，回歸樹上。

「兔子兔子！」

土著們再次在受攻擊的結界處發現一隻無辜小白兔，激動得手舞足蹈。

這是怎麼回事?村外的兔子什麼時候變得這麼凶猛暴力了?土著們都很疑惑，單純的智慧讓他們想不到更深層次的陰謀。

無法理解的土著們繞著兔子研究一圈後，始終找不到答案，最後終於還是拎著兔子遲疑的一步三回頭的返回了村落。

九哥第三次出動，劈劈砍砍踹，飛針、飛箭雨點般射來，接著一切在土著們到來前停止，丟下兔子閃人……

土著們抓狂了。幾次三番趕來都只見到現場留下的是一隻兔子，這讓他們開始懷疑自己的神是否真是無所不能。

區區一隻兔子而已……就算不小心牠碰到結界了，你也不用那麼大反應的全村示警吧？人家又沒非禮你，還是說牠照著結界撒尿了？

如此往返數次後，土著們趕來時再不如先前般振奮激動，一個個滿臉麻木，懶懶散散的走來，東張西望，找到兔子帶走，再慢慢悠悠的散步回去……這肯定是他們的神給他們加的菜。嗯，絕對是這樣沒錯。

第十一次，九夜再被催促時不肯下去了。雲千千疑惑不解的詢問原因。

九夜轉頭，很鎮定也很淡定：「沒兔子了。」

「呃……」那群死土著，居然都不知道愛護小動物。雲千千生氣。

021 神將BOSS

剿滅了一個兔子窩，騷擾繼續。

在九夜堅持不懈的努力下，在零零妖和彼岸毒草的配合下，在雲千千昏昏欲睡的呵欠下……許久後，結界終於不堪騷擾，忍無可忍的自我破碎，掉離村莊而去，不陪這些人玩了。

雲千千精神大振，打個響指帶人閃。下個瞬間，本來正在村子裡開兔子宴的土著們驚慌失措的紛紛拿出武器衝了出來。

「接下來怎麼辦？」彼岸毒草問道。

「接下來他們就要在全島嶼上搜尋調查結界破碎的原因了。」雲千千道：「嗯，這些人分散開後和普

通小怪差不多，交給會裡的其他人就行，我們的主要任務是殺 BOSS 。」

她說完帶著人等了一會，直到村裡的土著 NPC 們都離開，只剩下守護在神廟旁的五支小隊伍，這才一指神廟接著解釋：「喏，BOSS 就在神廟裡，我們不進去他不會自己出來的。先殺外面剩的人，再搞定大的。」

留下來看家的土著叫神廟土著，各種職業都有，有些物理全免疫，但魔防一般。有些魔法全免疫，自然物理防禦也就一般。

雲千千狡黠一笑，一片雷電狂轟亂炸過去，沒幾下物理全免疫的那部分被炸成灰灰。其他人再在九夜帶領下衝鋒，刀光劍影外加針戳後，魔法全免疫的也順利搞定……

五支隊伍全滅後，掉出道具時空之牢籠。道具屬性：可拘住一位神明滯留大陸人界，使其半小時內無法脫離該道具十公尺之內範圍。

從這道具完可以看得出來，這神廟供奉的神明說不定留在村子也不是自願的，只是被剝奪了人身自由，所以才不得不留下來。而留下來後，他不吃不喝的又不行，再所以不得不接受供奉，同時提供一點點庇護以保證養他的這群土著們不會出什麼意外，自己也好繼續混吃免得餓死……

神廟中的神明在結界消失的同時就從沉睡中醒來了。平常他一般不管事，就是偶爾睜開眼睛吃吃飯，保證自己餓不死了再繼續睡覺，丟個結界在外面就什麼也不操心了……主要是這個供奉及被供奉雙方之間並沒有形成友好和諧的關係，神明留下來本來就是有點被綁架的意思在裡面，想讓他對綁架自己的人和顏悅色自然是不大現實。

醒來後，神明很快透過結界破碎時傳來的最後資訊得知了剛才在外面發生的事情，更清楚其實只是幾隻小蟲子戲耍了自己及自己名下庇護的所謂子民。他不說，主要是想將計就計，只要那群該死的土著們都死了，這些人再闖進來，時空牢籠的封印就算解除了。到時候自己隨便往哪一遁，想上天上天，想入海入海，天大地大任我逍遙，來去自如又是笑傲大陸的高貴神明一隻……咳，一位。

果然，那群小爬蟲確實有點本事，輕輕鬆鬆抬手間就解決掉了神廟外留守的五隻小隊。神明從床上慎重的坐直了身子，瞇了瞇眼，嚴肅以待準備戰鬥。他捏了下拳，感受到自己的力量還在，不由得滿意的在脣角勾出一抹笑紋……接下來，就是自己重獲自由的時候了。

「現在進去？」

神明聽到外面有個冷漠的男聲問道，笑意忍不住更深……

來吧來吧，只要你們敢進來，吾一定讓你們死無葬身之地。這麼多年恥辱的被禁錮的生涯，終於可以在今天做一個了斷。

「別。」有一個女聲連忙阻止。

神明一愣，皺眉。莫非這些冒險者只是無意中闖入，並不是想殺了自己好占領新大陸？

……也不對，如果真是無意的話，那他們剛才在外面費那麼大工夫攻擊結界做什麼……

衝進來吧，鼓起你們的勇氣，冒險者們即便死了不也還是可以復活的嗎……來吧來吧，殺了我吧。

「裡面的神明狡猾狡猾滴，我們一進去就破壞封印，一破壞封印他就要跑……雖然剛剛拿到了一個時空牢籠，但我覺得這麼好的道具應該用在更需要的時候，你們覺得捏？」女聲嘿嘿一笑道：「其實你們看，這個神廟除了一道門之外，是全方位密封，無窗、無逃生通道，那神明還出不來，我們只要一把火……」

從消防角度上來講，一座沒有設置緊急逃生通道的建築內如果發生火災，一旦門口被堵，裡面的人是很難逃出生天的，不是被燒死就是被煙嗆死，絕無例外。不說消防協會標準，就算最樸素的民居標準這裡也達不到……人家還能跳窗，他連窗戶都沒……

神明打了個冷顫，突然大汗淋漓。自己以前遊走大陸也算是有段時間了，從來沒聽說過這麼卑鄙猥瑣的建議。按正常冒險者的行事風格，外面那隊人現在不是應該要衝進來和自己正大光明、面對面的決一死戰嗎？

正想著，神明就見到神廟開放的門口外探出一個腦袋，是個女孩。

她往裡面瞄了一眼，看見神明後很高興的揮揮手，隨即回頭指揮身後的其他人：「人在裡面呢。來，乾柴就堆這，我們從門口燒進去，別讓他跑了。」

神明眼一翻，差點昏死過去，再也保持不了淡定自若，連忙從床上跳起衝了過去。「慢慢慢，大家有話好好說。」

「等等。」雲千千再一揮手讓人先別堆柴，轉頭很和藹的笑問：「說什麼？就給你五分鐘趕緊講，我們趕時間，一會其他土著回來就不好動手了。」

神明擦把汗，再擦把汗：「這個……我是想說萬事以和為貴，其實我們沒必要弄得這麼……」

「火來。」

雲千千面無表情的轉過去吩咐，接著接過一個火把，很不爽的在小臉慘白的神明前晃了晃。「最討厭你們這些不講規矩的了，整天想著算計我這種老實人……以和為貴我找哪個 BOSS 掉裝備去，以和為貴我還要不要占領新大陸了？之前又沒見你多上道，現在看見情況危急倒是知道以和為貴了。」

神明淚流滿面：「小姐，妳殺了我頂多掉出一件紫裝，還是隨機的。要不我把身上東西拿出來隨妳挑？」

「……可是還有新大陸。」雲千千為難。

「我直接投降，繼續替你們鎮守？」神明覺得自己被那火把晃得有點眼花，小心翼翼的連忙建議道。

「不要。」雲千千斜睨鄙視神明。「你這種兩面三刀的一見情況不對就能投降，一點風骨都沒有。真要讓你繼續鎮守的話，我怕哪天自己領地丟都丟得莫名其妙。」

身為鎮守大將的神明很委屈。這還不是妳不按套路出招嗎？其他人都是喊著口號直接衝進來就殺的，他想打不想打都得打，投降了還要在個人檔案上記過存檔。可這放火……首先不說死不死的問題，單就這個經歷讓人覺得很是不堪。

萬一自己要是以後在天上遇到其他神明了，人家一見自己就招呼：「喲，聽說你上次在人家小廟裡被人堵著放火燒了？」

……自己這該怎麼回答？丟人，實在是太丟人了。

「要不然，你說說你還有什麼其他能打動我的條件？」雲千千說完還好心的提醒了下：「就剩兩分鐘了，趕緊想，再想不出來我就點火了啊。」

「我……我可以賜給你們一人一副翅膀。飛行初始速度 4.0 公尺／秒，可升級。」神明汗如雨下，眼珠子轉一圈急急開口道。

飛行翅膀？彼岸毒草等人一喜。

他們還沒開口應下，雲千千已經呸了一聲：「少拿姑奶奶當沒見過世面的鄉下土包子，你那破翅膀等開了神魔兩界通道後隨便找個商店都買得到，300 金一副雖然貴了點，但是購買無限制，根本不是什麼稀罕貨。要肯出 1000 金的話，還能買到初始速度 12.0 的……」

「……」彼岸毒草等鄉下土包子默然後退。

「……妳怎麼知道這麼多的？」

雲千千晃晃手中火把：「別管我怎麼知道的，你還是趕緊想其他的條件吧，現在就剩一分鐘了……為了不浪費大家時間，更為了你自己的生命安全著想，我勸你最好有點誠意。別的不說，你單看我們破結界為見你一面費了多大勁啊……」

神明擦擦汗：「那我再加一整套光明鎧甲。此甲乃神界純光元素凝練九九八十一天而成，再經眾神祝福，造型精美，款式獨一無二，可增強暗系魔法抗性200%及其他各系魔抗100%……」

「然後物理防禦為0是吧。」雲千千不耐煩打斷他的話。「鎧甲只能物理職業穿，偏偏物理防禦又是0，這種劍走偏鋒的東西也好意思拿出來，看來閣下很沒誠意啊……小的們，給我放……」

「慢慢慢！」神明想哭了。「看小姐也是個明白人，妳就直說吧，妳有什麼想要的，我若有，直接給妳就是了。」

「……制裁雙刃。」雲千千盯著神明眼睛看了許久，開口報價。這神明身上最能看的就是這套匕首了，攻擊力強不說，還帶詛咒及持有者祝福……一般在這神明身上的掉率也就1%。

神明眼睛一突，目瞪口呆良久後，終於哆哆嗦嗦的在懷裡摸索一陣，掏出一套雙手匕，隔著神廟結界丟到外面去。

「妳、妳到底是誰？」這人知道的也太多了。

「對了，這才乖嘛。」雲千千笑嘻嘻的彎腰撿匕首。「我是誰不重要，重要的是我生從何來，死往何去，我為何要來到這個世界上，是世界選擇了我，還是我選擇了……唔，屬性果然霸道，九哥接著。」

九夜無意間接過制裁之刃，隨手自然的替換掉自己手裡原本的兩柄單匕，頓時殺傷力又上升了一個等級不止。

雲千千欣賞一會，發現自己這名義上的老公還真是挺拉風的，滿意點頭，再轉身，問道：「還有你剛才答應我們的五副翅膀？」

「……妳不是不要？」

「誰說我不要，只是說那翅膀不稀罕罷了。不過有人送又不要，不成傻子了嗎？五副就是 1500 金呢……姐姐我的錢又不是大風颳來的。」

「我這翅膀也不是大風颳來的啊。」神明委委屈屈、嘟嘟囔囔的再丟出五副翅膀。

雲千千及其他人高興的一人一副裝備放到背脊裝備格中，喜孜孜的撲騰著飛了幾圈實驗下，感覺就一個字——爽。

落回地面收起翅膀，雲千千紅光滿面，很滿意點頭。「不錯，看來你還是很上道嘛。」她說完，在隊伍頻道裡惡狠狠道：「趁他沒防備，一起上，滅了他！」

「噗——」彼岸毒草剛從天上試飛回來正在高興，聽這話頓時仰頭噴出一兩小血。「妳拿了人家那麼多東西還要翻臉，這是不是有點不大厚道？而且也太沒信譽了……」

「我是翻臉了，但何來沒有信譽之說？」雲千千問。

「妳剛剛明明說只要他給的東西能打動妳就不殺他的。」

「喂，熟歸熟，你再這麼亂誣陷好人我還是一樣會告你誹謗啊！」雲千千臉色一正，嚴肅道：「我叫他最好想點能打動我的東西，但我什麼時候說被打動就不殺他了？」

「這個……」往上翻再往上翻……回憶了一下剛才的聊天對話，彼岸毒草突然發現雲千千還真是沒說出過半句要放過人家的話來，只是大家都自然而然、理所當然的認為她應該會這麼做……

想通後，彼岸毒草狂擦汗：「妳太卑鄙了。」

「謝謝誇獎，我做得還不夠，以後會繼續努力的。」雲千千羞澀一低頭，不好意思的抓抓衣服角，臉紅道。

這邊幾人在隊伍裡聊天，那邊神明是什麼都聽不到的，只能看見幾人窸窸窣窣似在交流。一種不祥的預感頓時讓神明腦中警鈴大作，雖然沒想通對方在語言上設下的陷阱，但本能已經讓他知道事情肯定有了不好的變化。

「幾位，莫非你們想欺騙一個神明嗎？」

「怎麼能說欺騙呢，這明明是你情我願，我剛才本來就什麼都沒……」雲千千一挺胸脯，理直氣壯。

她話還沒說完，總算存有愧疚之心的彼岸毒草幾個人不好意思聽下去了，一人堵嘴、兩人拖胳膊的把人拉走。

九夜根本沒看這邊，專心致志的研究神廟牆邊一朵小花，像是突然對這朵花產生了莫大的興趣一樣……世間一片安靜祥和，連野花都開得如此璀璨……嗯，很好很好……嗯，他什麼都沒聽到……

神明滿頭汗、大汗，看這樣子也知道肯定有什麼不對了，哀求的眼神連忙轉向一邊的九夜。「這位勇士，我相信制裁之刃能選擇你，肯定是代表著你有超越常人的勇氣與正義……你的強大讓我震撼，請容許我向你的公會投降……」他認了吧，認了吧，保住一條小命總比被燒死的好。

九夜乾咳一聲，聽得有點不好意思了，於是點點頭：「好。」

「九哥……」雲千千掙脫嘴上的桎梏，淚眼矇矓，看九夜如看拋棄自己的負心漢。

最強戰力被拿下，其他人也不願配合，大家都要臉，幹不出那殺人越貨、背信棄義的勾當。獨木難支的雲千千掙扎一會無果後，只能不情不願的丟出公會收服指令，把神廟中的神明收成了自己公會的鎮守神將。

公會每個駐地可以有鎮守神將及鎮守神獸、神器、神石各一。神將關係到軍營訓練場的訓練強度和熟練度，神獸關係到軍營建築防禦，神器可以為駐地帶來特殊祝福或功能，神石影響駐地結界強弱……

從理智上來說，雲千千知道有個鎮守神將對自己駐地肯定是有益無害的；可是從個人利益角度出發，她卻更清楚這個神明被擊殺後，最起碼還可以掉出一把紫武紫裝，甚至有可能是黃金階的裝備……

一想起離自己遠去的戰利品，雲千千就感覺自己的心在滴血……

收服神將後，神廟的桎梏自然不存在了。雲千千不愛搭理他，神將就自己老老實實站在一邊，慶幸自己逃過一劫。

BOSS已經搞定的消息很快在公會裡宣布了出去，現在只等其他人搞定分布在島嶼上的其他小精英BOSS及小怪就行。

公會界內顯示的指標進度條，目前顯示進度是92%，相信再不一會，大家就可以收工建營，同時揚帆回航，去主城接受嘉獎並升級公會了。

「傳送陣可以建立三處連接，其中一個連接我認為放在天空之城比較好，那裡就算作我們的總舵吧。另外兩點選東、西兩座主城或南、北兩主城……有神將的話，就必須要先建個神殿了，那麼我們原本的建築計畫還得改……」

彼岸毒草抓著一張圖紙規劃著新駐地建築布局，邊想邊頭疼：「這樣的話，就是傳送陣、主樓和神殿……沒有軍營我們拿什麼防禦外面的攻擊？難道要留會裡的人留下防禦？而且聚集點甚至連圍牆都建不起來……」

「一點錢都挪不出來了嗎？」雲千千也為難。一文錢難倒英雄漢。以個人資產來說，她顯然還算富裕，但如果要說到公會需要的話，那點錢就是杯水車薪了……比如說一個企業工廠每月繳的電費，和個人家庭要繳的電費就完全不是一個等級。

彼岸毒草嘆氣：「這些錢還是把上個月天空之城稅收的全部盈餘拿出來的結果，不然我們連三個建築都保證不了……發展得太快也不是好事啊。公會裡人少，做任務的人也就少，我們沒辦法從任務獎勵抽成，只能靠稅收頂。偏偏駐地又打得這麼多……」講著講著，彼岸毒草突然抬頭，有點走火入魔的狂亂星星眼看著雲千千：「要不，妳再出去幹幾票吧？」

「喂，你這話說得似乎有點深意？」雲千千滿頭黑線。什麼叫幹幾票？自己可是正正經經的良家少女，不是那打家劫舍的山匪惡盜……當然了，她堅決認為坑蒙拐騙屬於技術性工作，跟暴力流的搶劫絕對不屬於同一等級。

「那怎麼辦？」彼岸毒草和雲千千面面相覷，一起犯愁。

看來公會擴招已經是刻不容緩了，天空之城的發展和這片島嶼的開發力度也要加快腳步。但是在這之前……能讓她暫時頂過一關的錢錢要從哪裡弄？

雲千千一咬牙，撈出通訊器傳了個訊息給銘心刻骨，很諂媚笑道：「小心心啊，有沒有興趣合夥開發土地？」

銘心刻骨那邊悶笑出聲，還夾雜著幾聲嗆咳，顯然是被雲千千的稱呼給雷了下，良久後才回話：「妳又想打什麼主意？」

「沒什麼，因為最近拿下一塊新駐地，手頭錢錢不大夠了，所以就想跟你商量商量，看能不能周轉一下……」

銘心刻骨前不久才剛剛費盡心力砸下無數錢錢把傭兵團升成公會，沒有拿下駐地一直是他心中的痛，也是他朝思暮想的渴望。沒想到遊戲裡的資源也是這樣兩極分化，沒有的人想到頭疼，有的人卻多到頭大。

聽說雲千千又拿下新駐地，銘心刻骨也頗感震驚：「又拿下駐地了？」他鎮定下後過，一會小心翼翼再問：「是哪裡的駐地？」

「海外新大陸。」雲千千道：「聚集地的建設太花錢了，前面天空之城還沒產生多少盈利呢，所以現在稍微有點周轉不過來……要不然我把一葉知秋欠我的那些借據轉給你換現金？」

拿白紙換現金……小姐您真能想……

銘心刻骨鬱悶了一下：「他的借據就不必了，我這裡正好有批建築材料，妳直接拿成本價給我就行……」反正他一時半會也弄不到駐地，不如把資源清出去送個人情，回頭自己慢慢回收也來得及。

雲千千欣喜萬分，成本價拿下一批材料的話她還是有點把握的，只是從龍騰和毒小蠍那賺到的錢錢差不多也要清空就是了……

錢！她親愛的錢錢！

馬的，山水輪流轉，這次事情完後要暫時緩緩進度了。等把兩塊駐地都發展起來，她要存多多的錢，到時候滿漢全席叫兩桌，吃一桌，丟一桌……

022 小三

雲千千把航海圖發去一份，銘心刻骨就親自押著材料過來了。他嘖嘖有聲、倍感驚奇的在島嶼上轉了一圈，很是羨慕道：「天空之城，海外孤島，妳占的駐地還真是沒一個符合大主流……對了，這島命名沒？」

「水果島。」雲千千順口答道。

「……」銘心刻骨強嚥下一口小血：「好名字。」

把材料留下，交給彼岸毒草督建聚集地，雲千千和銘心刻骨的船一起返航，一回到主城就感覺自己活回來了。

人啊，到處都是人啊，活生生會走會跳的人啊。

「喂，幹什麼呢，走路都不知道帶眼睛的嗎？」

雲千千眼睛放綠光、欣喜若狂的看那玩家……會罵人的人啊！

被撞玩家寒顫了一個，摸摸胳膊丟下句「神經病」就匆匆離去，看樣子似乎是怕雲千千糾纏他。

銘心刻骨看著自己身邊的雲千千苦笑：「妳這是怎麼了？」

「在海上一來一回加任務，少說出去了半個月，再不回來沾沾人氣我都快以為自己玩的是單機RPG了。」雲千千感慨。

「水果樂園三百多個人還不夠妳沾？」

「那不一樣，太熟悉了，看著他們我根本就沒激情。」雲千千搖頭：「再說，你哪隻眼睛看見他們像普通玩家了？全是一群死非主流。」

「……」這話銘心刻骨不知道該怎麼接了。

隱藏玩家在遊戲中確實算得上是非主流，但這樣的非主流和現實中說的非主流有著明顯區別。前者是高人一等、高高在上的遊戲驕子，後者是另類異類的外星品種……

要按她這麼說的話，銘心刻骨還願意自己公會裡都是非主流呢！能有那麼多隱藏種族成員加盟，這可是每一個公會會長的終極夢想。

「你還有事？」雲千千從激動情緒中回復，看身邊銘心刻骨一副心不在焉的樣子，順口問了句。

「嗯……」銘心刻骨抓抓頭，皺眉咬牙抽眼角，許久後終於遲疑開口問：「妳們女孩子生氣了，一般要怎麼才能高興？」

「這得看氣成什麼樣。假設你只是路上不小心踩我一腳的話，讓我殺一次也就完了；但假設你要是騙了我的話，至少得出血讓我敲個千八百金；再假設……話說到底誰生氣了？」

銘心刻骨有點默然。第一，是想不到對方最小的火氣居然也是需要拿命來填；第二，是想不到更大的火氣反而是錢就能搞定這麼簡單……

他覺得這答案不標準，自己應該去找一個正常人來問才對。

沒聽見回答，雲千千只好自己腦補，想了想突然倒吸口冷氣，問道：「你說的生氣那女孩子該不會是騷人吧？」

如果真要是離騷人的話，雲千千倒覺得銘心刻骨趁這機會和她斷了比較好。不過問題就出在銘心刻骨自己身上，這人是個典型的有眼無珠，不是誹謗，單看他最信任的好大哥和他老婆最後是怎麼對待他就知道了。

人活一世，能相信別人是好事。俗話說難得糊塗，有時候會不會受傷害不是看自己究竟吃沒吃虧，而是看自己上沒上心。只要不在乎，自然不存在什麼遺憾失落、悵然若失之類的負面情緒。

可如果糊塗到銘心刻骨這分上又是兩論了。這人完全是放羊吃草，什麼都不管不問，擺出一副我相信你絕對不會背叛我的姿態，堅信真愛無敵，友誼萬歲……再於是，巨大杯具降臨……

銘心刻骨長嘆：「妳也知道我名下公會建起來了，照我的想法，青鋒劍和我兩人不分彼此，我一個人做會長就可以了，他有什麼事或者什麼建議的話直接跟我說一聲就成。另外一個副會長位置就聘個職業管理人，這樣方便發展，保證管理席位的最大利用……可是小離聽了後不大高興，說我變了，說我現在不相信她和青鋒，自私自利、獨斷獨行……」

「這個……」雲千千委婉提示：「九哥在我這裡也就是一個普通會員，水果樂園的副會長是彼岸毒草。」

管理的位置本來就是能者居之，是不是最好不重要，關鍵是不是最適合……就算不說青鋒劍本來就居心叵測，單看他前世趕走銘心刻骨後發展得那不成氣候的樣子，雲千千也覺得他不適合當一個高層管理人，不管是在哪個行會。

銘心刻骨很明顯沒聽懂：「後來我跟小離解釋，但是她都不肯聽，妳覺得我該怎麼做她才會高興？」

「……」雲千千面無表情的凝視銘心刻骨許久。「我覺得你最好把公會讓給她，然後走得遠遠的別礙她眼，這樣我想她就能高興了。」

雖然面前的是個女孩，雖然銘心刻骨修養很好，但他忍了又忍，終於還是沒忍住鄙視了一眼過去……

已經很不錯了，本來他想比中指。

嘖，這年頭，忠言逆耳，自己難得說一次實話居然沒人信……

「要不然，你和我傳點緋聞？」雲千千摸摸下巴，想出個餿主意。「憑小騷對我討厭的那程度，就算為了報仇她也得火速把你勾引走啊。」

「……妳能不能嚴肅點？」

「我很嚴肅跟你談這問題，真的。」

銘心刻骨鬱悶道：「那妳就不怕九夜生氣？」

「他生氣？為毛啊？」雲千千驚訝，反射性問了一句之後，才想起自己現在已經是有夫之婦，連忙揮揮手：「沒事，九哥很大方的，你儘管放心，不信我問問？」

銘心刻骨不八卦，但誰說人家不能有點好奇心？

於是他就真看著雲千千撈出了通訊器，打開公放，呼啦一個訊息傳了出去：「九哥，我和別人談場小戀愛你不介意吧？」

通訊那邊沉默許久許久，最後終於傳來九夜略帶鬱悶的聲音：「妳該不會是想詐騙？」

銘心刻骨「撲哧」一下悶笑出聲，在雲千千不滿的瞪視下連忙道歉，背過身去平靜情緒。

雲千千無奈再度詢問：「你就說行不行吧？」

「不觸犯法律就隨妳。」九夜哼了聲道，想了想又加一句：「還有，別把人欺負太慘。」

切斷通訊，雲千千轉身比個V手勢。「搞定。」

銘心刻骨對這兩人的相處方式嘆為觀止。反正他覺得如果是自己的話，肯定不能讓女朋友出去這麼胡鬧折騰，難道是他太落伍了？還是說這其中有什麼誤會？

雲千千的主意餿，但總比銘心刻骨一點主意都沒有的好。

反正是死馬當活馬醫，於是兩人當真高調做出一副情侶姿態，堂而皇之的招搖過市，希望能儘快把流言放出去。

半小時、一小時、兩小時……

一下午過去了，雲千千和銘心刻骨淨圍著主城瞎逛，正事一件沒幹，而離騷人那邊卻始終是一點動靜沒有，兩人腰間的通訊器都安靜得可怕，一通消息都沒收到過。

實在受不了的下線、吃飯、上廁所……再回遊戲後，雲千千抓來銘心刻骨，很嚴肅道：「我們這樣不行。」

「怎麼不行？」銘心刻骨一下午也想通了，很認真的配合雲千千，沒想到人家現在主動喊卡……這怎麼行？

銘心刻骨有點急了：「妳說的要幫我，難道想反悔？」

「不是反悔，關鍵是我們兩個太不起眼了，在別人眼裡我們就是普通玩家，有什麼留意的必要？」雲千千頭大。

她和九夜站一起的話，回頭率倒是高，被認出的機會也大；但換成銘心刻骨的話，對方氣場明顯就沒那麼強了，人家抬眼一掃……不認識，無視。然後連帶自己也順便被忽略……這得哪年哪月才能把風聲放到離騷人耳朵裡？

自己這是釣魚，又不是真想交往。

「也對，那怎麼辦？」

「在頻道裡召集幹部層級開會。」雲千千拍板：「就說商討公會升級的事情。」

很快，所有人員到齊，一起聚到了銘心刻骨在主城申請的臨時公會辦公室內。

離騷人雖然正做著姿態和銘心刻骨鬧彆扭，但她和青鋒劍目前好歹是個堂主的位置，所以還是一副公事公辦的樣子來了，見到銘心刻骨先哼一聲，扭過頭去不看他。

銘心刻骨苦笑，剛想張口說些什麼，旁邊雲千千乾咳一聲，頓時想起自己在做戲，於是趕緊收聲坐好，很是正經的模樣。

離騷人詫異，本來她心裡盤算著銘心刻骨是一定會來和自己搭話的，到時候再諷刺個幾句，吊吊他胃口，也好逼著對方儘快把青鋒劍提到副會長位置上去。

沒想到局勢發展出人意料，雖然剛進門時她確定從銘心刻骨眼中看到一絲欣喜和激動，但結果對方居然硬是忍住了沒過來。

肯定是故作姿態。想了想後，離騷人把原因歸結到了銘心刻骨在故意吊自己胃口，不得不說她還是有些頭腦的，可惜就是沒有完全猜對。

和青鋒劍暗地裡對了一通訊息，知道對方和自己是同樣的判斷，於是離騷人越加放心，又冷哼一聲，在長桌側邊找了一個席位坐下，不說話了。

不一會後，人到齊，銘心刻骨收到雲千千消息，連忙站起身來。

離騷人臉色一正，正要開口叫對方離自己遠點，卻見前者根本沒往她這邊看，只朝桌面上一掃，把包括自己在內的所有人看一圈，很自然的做開場白。

「這次開會主要是研究公會升級的問題……以前我們已經討論過一次了，相信大家對這個話題並不陌生。這次水果樂園會長帶來了一個新升級途徑，是征服海外新大陸。關鍵點就在探索和征服上，我們需要足夠的航海經驗，還要保證能對抗新大陸的戰力。不知道大家有沒有什麼好的建議？」

桌上眾人面面相覷了一下。

離騷人不屑的「切」了聲表示鄙視。

青鋒劍則呵呵一笑打圓場：「這個不急，既然蜜桃多多來了，想必肯定是能提供些線索，不如先聽聽她怎麼說？」

青鋒劍和離騷人兩人分扮白臉、紅臉，前者做出謙虛姿態，安慰銘心刻骨說他其實並不在乎什麼副不副會長的位置，順便極力撮合他去討好離騷人。後者咬定青山不放鬆，一副你不答應，我們就散夥的強硬態度……

所以現在這場合，青鋒劍出面調和也是最、最合適不過。

「我們確實打下了一塊新大陸。」

雲千千出場，先丟出來這麼一句，滿意看到眾人色變，接著笑咪咪再道：「但是這得靠運氣。說實話，攻打不是最難辦的問題，只要推倒BOSS再清理地圖就行了。關鍵問題是，茫茫大海要如何尋找到那些無主島嶼……」

「廢話。」離騷人今天是專門破壞氣氛來了。

青鋒劍再圓場：「蜜桃會長別多心，小離說話向來是這個樣子的……妳能前來肯定就是有辦法，不妨說給大家聽聽？」

雲千千嘿嘿道：「這你就說錯了，我也沒辦法。」

「……那妳這是。」

雲千千深情款款的凝望一眼銘心刻骨，紅了紅臉，低下頭去不說話了。

如果說先前還只是色變的話，這回就是驚悚了。

所有人倒吸一口冷氣，瞪大眼睛。雲千千做出這副樣子明顯就是對他們會長有企圖了啊！這是怎麼回事？不是聽說她老公是九夜？

場中頓時一片死寂，沒人知道這時候該說些什麼才好，尤其是離騷人和青鋒劍更是差點死機。

銘心刻骨乾咳一聲，低下頭去狂發訊息：「大姐，妳含蓄點好不好？」

「怎麼含蓄？要的就是這效果。怎麼樣，演技一流吧？」

「不錯不錯，尤其是妳那一臉紅再一低頭……這臉紅怎麼弄的？莫非妳真的愛上我？」

「滾。我只是想像了一下九哥沒穿衣服的樣子。」嘁，沒見識就不告訴你是事先喝足量酒再調節遊戲人物影響度，至少可以在一小時內控制臉色。這招還是天堂行走友情提供的，用出來那是人擋殺人、佛擋殺佛，無往不利、百戰百勝……

「……」

不一會後，眾人回神，開始眉目傳情、窸窸窣窣，全力挖掘自己會長與蜜桃多多那不為人知的不得不說的故事。

離騷人臉上青了又白，白了又黑，終於忍無可忍的拍案而起。「你們什麼意思!?」

語。

青鋒劍色變，連忙拉了拉離騷人衣服，示意她坐下。

雲千千嫌鬧得不夠大，乾脆再加一把火，繼續臉紅，眼神還有點閃躲。「沒什麼意思啊……」

「……」剛才是沒穿衣服，現在該到限制級了吧……銘心刻骨看了看雲千千那紅通通的臉蛋，很是無語。

「妳……」離騷人哆嗦著手指，指著雲千千說不出話來。恥辱，這絕對是恥辱挑釁，這絕對是挑釁！狠狠一跺腳，離騷人悲憤的向銘心刻骨吼道：「她到底有哪裡好？」

「這個……」銘心刻骨牙疼。哪裡好？其實自己也沒發現，長相長相一般，性格性格也差，至於人品……這個說出來太傷人，還是算了。

「當然是我溫柔大方、善解人意再加貌美如花、端莊嫻淑……」雲千千倒是接得挺快。

「閉嘴！我沒讓妳說話！」離騷人吼。

雲千千聳聳肩，抽出法杖，一條霹靂閃下把憤怒的離騷人劈成白光，然後才在滿桌人驚詫的目光中自然道：「正好我也懶得和她囉嗦了……對了，剛才我們討論到哪？繼續啊，怎麼都愣著？」

這一下來得太突然了，我們當然會愣著。雖然妳是會長的相好，但當著大家面殺我們的人是不是有點不給面子？

所有人目光不約而同一起轉向銘心刻骨。

後者雖然臉色也變了一變，但在眾人目光聚焦中，很快乾咳兩聲，轉移話題：「那什麼，我們現在先來討論一下關於探索新大陸的細節問題……」

「……」

會議散後，討論了些什麼大家沒大記得清楚，只感覺腦子裡都是一團糨糊，昏昏沉沉的讓人有點犯暈。唯獨只有蜜桃多多和銘心刻骨的緋聞被大家記得很清晰。

離騷人可是會長以前的女朋友，這一點大家都清楚。可是現在人家新寵當著他的面把人殺了，還是在會議上，會長居然一點表示都沒有？

這其中的深意可是值得深究了。

青鋒劍一散會就臉色難看的匆匆離開，不知道是因為離騷人的被殺還是雲千千的橫空出現。

銘心刻骨極力按捺，等到人都走光後才迫不及待的質問：「妳是不是過分了？」

「過分嗎？這樣大家不是才更加確信離騷人在你心裡已經不特別了。」雲千千道：「再說了，小騷那點等級刷個一天怪就回來了，實在心疼的話，等你們合好了你帶她去刷不就完了，正好還能促進感情交流。」

遊戲裡的死亡損失無非是掉等級、掉裝備。有些人在乎，有些人不在乎。玩遊戲的誰沒死過，無非是個心態的問題罷了。雲千千覺得自己只是幫人上了一課。所謂弱肉強食在遊戲中是真理，別以為所有事情都有人願意跟你講道理，說不耐煩了就殺，誰叫你弱。

寧可背負罵名也要將無知少女教導成才，讓她明白競爭的殘酷和社會的黑暗，自己真是人生道路上不可或缺的良師益友啊……雲千千為自己的人格操守而感動。

「……說的確實有道理，但總還有其他方法吧。」銘心刻骨語塞了一下，苦笑。

「但你也得承認我這方法是最快最有效的吧。比起你當眾送我九百九十九朵玫瑰或巧克力來得更真實也更有說服力。」雲千千白他一眼。

銘心刻骨沉默了會，抬頭說道：「小離發通訊請求給我了。」

「別接，先晾著。」

「……嗯。」

事情搞定，雲千千揮手告別銘心刻骨。她事情還很多，沒工夫在這陪人玩正夫大懲惡妻、情夫。按照她和對方的約定，銘心刻骨在接下來的一段時間內都會避開和離騷人的接觸，於是對方必然就會著急。

在銘心刻骨認為，離騷人如果緊張了，肯定會想辦法和他和好，接著等到雲千千認為可以並點頭了，兩人就能重新在一起。

而雲千千則知道，只要自己一直堅持不點頭，離騷人和青鋒劍肯定就會自亂陣腳，提前主動出擊，謀算某人的公會。到時候一切自然真相大白，自己什麼都不用說，銘心刻骨也能看清兩人的真面目……

至於說銘心刻骨有可能心軟，放棄大好局勢接受離騷人，以致雲千千的計畫功虧一簣？

如果真是這樣的話，雲千千覺得這也就是對方命中註定該有這麼一劫了……俗話說，江山易改、本性難移；再俗話說，狗改不了吃屎。幫銘心刻骨也就是順手的事情，要是他實在扶不上牆，自己還費那麼大勁幹嘛，讓他自生自滅算了。反正這肉也爛不到自己鍋裡……

揙翅直飛王城王宮，雲千千交了公會令牌進去見國王。三言兩語後，國王派出的官員認證完水果樂園探索並征服新大陸的功績，很是欣慰，當場給予其公會榮譽嘉獎。接著雲千千再繳交手續費，扣掉榮譽度升級公會。

雜七雜八的過場之後，「叮」的一聲，水果樂園終於正式升級成二級公會。

「我要發布一個招人訊息。」轉道去了公會聯盟，雲千千在辦事處直接提交收人申請：「每個主城要辦事桌三張，分別放在東、西、南門，五天後開始，持續時間一週。」

「84金幣，謝謝。」辦事員小姐很甜美的微笑。

又被系統非禮了……

雲千千心頭滴血的繳納完手續費，親眼看著對方填好登記表沒有錯誤，又確認了一道招收訊息已經在公會聯盟的流動板上掛出，這才蹣跚著腳步慢慢晃出門去。

建築駐地材料、手續費，還有必要的藥錢……錢袋很空虛，自己更空虛，該想辦法創收了，該去哪裡撈一票才好呢？雲千千很是茫然。

正在雲千千迷茫在人生道路中的時候，永恆的肥羊龍騰那親切的身影就及時的出現在街道另外一邊，身後帶著一群狗腿子翩然走來。

023 瘋狂的天價

龍騰就是出來找雲千千的。一下午的逛蕩其實很足夠讓想找這女孩的人發現她了，只是為了不打草驚桃，所以才如此平靜。

跟著線報找到公會聯盟，龍騰第一眼就發現了人海中的蜜桃多多，接著手一揮，猙獰咬牙：「給我……」他最後一個「上」字沒來得及出口，就見後者眼冒星星衝過來抓自己大手。

「哎呀，龍騰哥，我正找你。」

「……」龍騰強把一句「找我做什麼」嚥了回去，差點就反射性回答了，不能給她好臉色看。於是他冷哼、不語，看看這個死水果又想玩什麼花招。

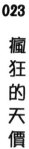

其實龍騰雖然是壞人，但錯就錯在他壞得太厚道，沒有陰謀詭計心機，完全憑一腔赤誠熱血欺男霸女，橫行無忌。這是典型的直來直去的山匪路線，講究的就是一個憑實力碾壓欺凌。所有人都知道他不是東西，而且說得出為什麼，但所有人都拿他沒辦法，也和人講不來道理，只能咬牙硬槓，槓完了找同道中人罵街洩憤。

雲千千卻是壞得很含蓄，很多時候你明明知道是她不對，但就是沒辦法拿出來說，說了丟面子，再而且人家根本不痛不癢……

「其實是這樣的，我這裡有筆生意……」雲千千神秘非常的抓了龍騰壓低聲音道。

「什麼生……靠，妳別想再騙我！」龍騰突然醒覺，想起以前的無數教訓，頓時勃然大怒抓住兵器戒備。

他身後的狗腿子們也一起齊刷刷亮出傢伙。

「你瞧你。」雲千千一甩頭髮：「這麼大的人了，還這麼不成熟，你不會先聽我說完再生氣？我和你做生意的時候，拿出來的都是真貨吧？也沒刻意誇大扭曲它們的作用吧？你對商品估價錯誤，投資失敗不能怪我吧？……嘖嘖嘖，虧我每次還都想著你這肥……呃，大客戶，你就這麼不友好？」

「……」龍騰默然，從罪惡之城駐軍令想到公會升級令。確實，人家拿出的東西都是真貨，不是空手套白狼，只是自己不了解情況非要趕著上當，這怪誰？好像確實是不能怪人家……難道真是自己不對？龍騰鬱悶了。

所以說，想和雲千千講道理的人就是這樣，最後總會被套進去，白吃虧不說，還拿不著人家的錯處。

「怎麼樣，想好沒，到底要不要做這筆生意？」雲千千抓根木棍，無聊的捅捅龍騰的手。男女授受不清，自己不能老吃人豆腐。

龍騰一咬牙，臉色難看的揮退身後眾人，惡狠狠的瞪眼威脅道：「妳如果再敢騙我就等死吧！」

「講話憑良心，剛明明已經說清楚了，我根本就沒騙過你好吧？」雲千千生氣。

「……」

雲千千手頭上現在最能拿出來做的生意就是公會升級途徑。這個雖然是她拿出來給結盟公會共用的內部資訊，但現在手頭缺錢，資金流通不暢，那麼轉手當情報賣給龍騰也沒什麼不可以的吧？畢竟從來沒人規定說她不能把情報再賣給第三……

別說什麼約定俗成的規矩什麼的，對雲千千來說，只要沒說，就當是沒有。

當然，留一手也是必須的。

雲千千給龍騰三個選擇，公會要升級反正是靠榮譽度，他可以做出如下判斷：第一，買下公會升級令的任務鏈。第二，買下一份海外新大陸航線圖。第三，買下她，她負責替主城拉來動亂，讓龍騰有機會在「大型活動」中效命國王。

如果對方選一是最好不過的了，直接拿出以前的一份任務書出去複印交貨就能搞定。

如果選二也簡單，拿份自己島嶼附近的地圖給他，龍騰拿下駐地一投資發展經濟，雲千千這邊正好也能借勢一起繁榮。

如果是選三……魔海螺一出，誰與爭鋒。自己撈著海螺在海邊吹他一整月，不信國王不投降。遊戲中的故事情節講究隨機生成，大型活動亦如是。它可以是天災，譬如說系統折騰；也可以是人禍，譬如說玩家折騰……

龍騰迅速陷入糾結，曾經錯誤的投資讓他無比慎重的對待這次選擇。買任務，費時費力是肯定的了。買新大陸航線，好像從沒聽說過，感覺上有些不可靠。至於買蜜桃多多……她就是最大的不確定因素，有這人的人品作底子，誰敢保證中間不出現什麼意外？

「能容我想想嗎？」龍騰問道。

雲千千舉手提問：「想多久？」

「……一天吧。」

「OK。」一天就一天。她先去刷場怪，反正該花的已經花出去了，現在不會更缺錢。

雲千千伸出翅膀一搧，在龍騰及其手下們驚詫駭然的目光中騰空飛走。

「老大，這蜜桃多多越來越不好對付了。」手下甲跟龍騰咬耳朵驚嘆。

龍騰瞪他：「廢話，我當然知道。」他說完也是感到倍加愁苦。

本來龍騰看重雲千千只是因為對方的情報力，所以才不想輕易與之鬧僵，結果沒想到對方對自己不甚喜歡，好幾次寧願去幫一些破破爛爛的小傭兵團也不願意來幫他。多次做生意說的是好聽，但實際想下來卻是已經在心裡把他內定成第一號肥羊。

再到後來，這死水果居然成了排得上榜的高手，惹事搗亂的本事從此更是變本加厲……

龍騰就想不通了，他見雲千千作弄別人也就是碰上了順手而已，戲耍自己卻像是很熱衷，好幾次還特意繞遠路而來……這是為什麼？難道自己前世滅她全家了？

龍騰感到分外茫然……

就雲千千現在的等級來說，去天空之城練級是最好不過的。

畢竟，那裡小怪等級高，現在玩家的普遍水準上去都很容易完蛋，只有少數高手才能任意馳騁。再加上那裡是自己地盤，生命安全也有更多保證；再再說，她許久沒去水果族聚居地了，身為天空之城的唯一玩家種族族長，老是不去露面也實在是不大好。

高等級小怪就代表了掉出更高級物品的可能性，如果要按實力來算的話，九夜能刷出的物品就代表了最高級的生產力。

雲千千和九夜這類人所需要的裝備武器，已經可以開始向 70 級標準套裝進發了，而市面上流行的最高套裝普遍還在 60 級這個區間打轉。

身為高手最大的好處就是能走在時尚尖端，有什麼好東西、新東西都能第一時間享受。而身為高手最大的壞處也就是因為走得太前沿了，高處不勝寒，想要什麼東西都得自己動手豐衣足食，沒幾個人能幫忙互通有無……

雲千千又回歸了樸素的刷怪行列，她現在需要推倒更多更多的 BOSS 來滿足自己的需要。

天空之城執事，同時也擔任雲千千奶爸職務的 NPC 很滿意的對雲千千欣慰頷首：「城主大人有身先士卒的覺悟令我十分感動。如果您真的想要為天空之城清理隱患的話，那就請去清剿天涯西北方的三足金烏吧。」

雲千千二話不說飛身閃人。她帶著任務到西北方一看，香蕉的，滿天滿雲海的三足金烏啊！在暫時還沒能有其他玩家有資格領清剿任務的目前來說，這些野生小怪繁殖得格外順暢。原生態無破壞，有多少隻算多少隻，全部滿滿當當的擠在一片小雲灣裡。

雲千千敢肯定，自己只要一個雷劈下去，少說也能引到二十隻三足金烏出來……裡面還有小精英怪，對自己還有等級壓制，怎麼打？

罵罵咧咧的含淚劈出一道小霹靂，果然一片金烏毫不猶豫的呼啦啦全部撲了出來，雲千千半點不戀戰，二話不說掉頭淚奔……這日子真是沒法過了……

啟動夫妻傳送，召喚無敵轟炸機相公大人。

九夜很給面子的接受召喚，聽完雲千千要求後當場皺眉：「要我擋怪，還要不能拉到仇恨？」

「是極是極。」雲千千笑得分外諂媚，搓手哈腰狗腿道：「事情是這樣子，我要去刷金烏，可是那邊的怪太多了，再小的技能刷過去都能拉到二、三十隻出來，而且最討厭是有的物攻、有的法攻……如果一個人抗的話，肯定是抗不住的，所以我吸引仇恨，你把牠們擋開，這樣最多只有一部分法系金烏能打到我。」

「我傷害那麼高，要擋牠們肯定得多出招，怎麼擋？」繼續皺眉，九夜說的話雖然不客氣，但是卻很實在。

「這個我早想過了。」雲千千刷出一把樸素匕首遞出。該匕首不僅通身一條花紋皆無，而且顏色黑沉，看起來很是簡陋。

俗話說大巧不工，俗話說反璞歸真。

所有人都知道，越是看起來簡單的東西，很多時候往往會越不簡單。如此簡樸粗陋的匕首，難道會是比制裁之刃還威風的存在嗎？

這匕首給自己的感覺如此熟悉，似乎是從靈魂深處傳來的召喚。這是什麼？究竟是什麼？九夜微微有些動容，接過匕首一看，險些噴出一口小血。

只見對方屬性上頭那行清楚顯示物品名稱——新手匕首……

難怪看起來這麼熟悉，自己10級前就是捏著它砍了無數小怪，不熟悉才怪……

「攻擊力2-15，絕對保證不會讓怪物轉向攻擊，您儘管放心用，想用什麼招就用什麼招。只要您沒學禁術，一切都不成問題。」雲千千依舊狗腿哈腰。

「……」九夜默默退下制裁雙刃，換上新手匕首舞了個刀花，熟悉的感覺立即回來了。「走，帶路。」

雲千千先帶九夜同樣接了任務，再雄糾糾、氣昂昂的重回三足金烏領地。雲千千一個小雷劈下去，金烏群再次出動，雖然說不上鋪天蓋地，但也算得上浩浩蕩蕩的向雲千千撲來。

迅速飛退拉開距離，一翻手即是雷雲籠罩，雲千千跺腳呼救：「九哥救我！」

「……」九夜想吐血。這哪是二、三十，明明是四、五十！如果對方開始沒說謊話，明顯是自己來後，她就擅自加大難度了，莫非她就這麼相信自己能把金烏全數擋下？

不敢遲疑的丟顆藥進嘴裡，九夜叼著藥刷出匕首，越過雲千千亂入金烏群，雙臂抱胸後猛的一張，一聲怒吼，身上隱隱金光閃爍，一層圓環呈波紋狀爆開，不僅掃蕩覆蓋住整個金烏群，還順便附加了一個震暈效果。

雲千千知道這一招時效只有四、五秒，連忙翻手又是雷霆地獄，萬千霹靂閃下，籠罩住被暈懾住的金鳥群，不等收招再接個天雷地網……雷夾雷，電纏電，現在不是省 MP 的時候，想要命就得抓緊時間。

不一會，很快金烏群開始緩慢有了復甦跡象。

九夜順手劈退當先飛在最前面的一隻，再補個群技，不求傷害，只求退敵。他閃轉挪騰間，救東援西，跑得很是勤奮，卻也還是不小心漏出了幾隻飛過防線。如此反反覆覆，他終於辛苦磨掉冷卻時間，趕緊再接一個吼……

馬的，早知道有今天要幫人助陣，就應該把控制技也點高幾級的……

金烏群級高血厚，但有了九夜的幫助，雲千千總算是漸入佳境。配合這東西就要多練習，次數多了以後，默契自然就出來了。

整整一個多小時的血洗，終於是磨夠了天空執事要的一千隻金烏，雲千千筋疲力盡的抓了九夜回去交任務，收穫區域活動積分 50，外加經驗、金錢若干。

又接一輪新任務繼續，兩人聯手再刷金烏。這回剛過半數，混沌胖子就親臨現場了。

「蜜桃，九哥。」逮著一輪清洗之後，混沌粉絲湯笑咪咪的開口喊住兩人：「刷著怪呢？」

「廢話。」雲千千白眼一個，順手吃顆藥，很不屑回答對方這麼低智商的問題。「有事說事。」自己和九夜在這裡已經耗了半小時了，長著眼睛的都看得出來她是在刷怪，這還用問？她才不相信對方這生意人會沒事來找自己閒聊。

混沌粉絲湯也不生氣，腆著肥肥的將軍肚慢慢遛達過來。「沒什麼，就是手頭正好有筆生意，想問問你們接不接。」

「沒空。」眼看 MP 恢復得差不多了，雲千千飛遠些，一抬法杖準備再開工。

誰知混沌粉絲湯不屈不撓的又湊過來了。「哎呀，別這麼無情嘛。我主要是看著這個委託任務的是妳熟人，所以才特意來問上一聲的。」

「熟人？」雲千千總算是肯分出一絲注意力給對方。她法杖放下，好奇問道：「誰啊？」

九夜看著雲千千沒動手，也不多事，走過來揀塊乾淨地坐下，無所事事的撐下巴跟著聽八卦。

混沌粉絲湯笑道：「青鋒劍啊。」

「青……」噓下一口小血，雲千千黑臉。「誰跟你說他是我熟人了？」她說完想了想還是問道：「話說你這麼出賣客戶好像有點不大好吧，他找你委託什麼任務？」

「妳這意思是讓我出賣還是不出賣啊。」混沌粉絲湯樂了，丟過一瓶小酒給九夜，再丟一瓶給雲千千，坐下，拍拍地面。「妳也坐，我們慢慢說。」

雲千千收法杖，接了酒，竄過來陪笑：「說給別人聽當然是出賣，可我們什麼關係啊。那個，青鋒劍是不是想打銘心刻骨的主意？」

「我就猜到這其中肯定有妳在搞鬼。」混沌粉絲湯無奈的拍拍肚子。「青鋒劍來委託我，讓我調查九哥的行蹤，順便調查妳和九哥以及銘心刻骨之間的三角糾葛。如果有約會現場的話，最好能拍下畫面作證據……據江湖傳聞說，妳背著九哥和銘心刻骨私通上了？」

九夜眼皮都沒抬下，拎著小酒一口接一口，像是根本沒有什麼戴了綠帽子當事人的覺悟般。

混沌粉絲湯偷眼瞟了下，頓時嘖嘖稱奇。綠雲罩頂還能如此淡定自若的男人也就只此一家了。不過話又說回來，在蜜桃多多身邊的人多半心臟都得很堅強，不然一個不小心就容易被玩死。譬如說九夜，譬如說自己……

「嘿嘿，我跟九哥報備過，他知道我外頭有男人，你就別想著挑撥了。」雲千千笑嘻嘻的無所謂。她跟九夜就是比朋友更朋友一點兒的關係，在銘心刻骨那裡更只是簡單的幫忙而已，兩邊都是清清白白的，一點小緋聞算什麼。

沒有緋聞的名人不算名人，沒有八卦的人生不算人生。世界如此低調，我卻如此風騷。她既然已經是眾人景仰的存在了，難道還不該提供一點緋聞供眾人派遣寂寞，打發無聊的時光嗎？雲千千的心態很好很強大，絲毫不以為意。

混沌粉絲湯挑個大拇指，對雲千千的這個態度不發表評價，只用實際行動表達了自己的佩服。他開口又道：「除了關於妳的事情外，還有個人對銘心刻骨也很有興趣。我的人說，這個人和青鋒劍接頭，出10

萬金幣在他那裡要預定銘心刻骨的公會，這件事情妳也知情？」

「噗——」饒是雲千千已經有了心理準備，在聽到這條消息的時候還是忍不住噴了。

「10萬金？」難道這才是曾經的青鋒劍背叛的真正理由？

024 解綁令

遊戲已經開了幾個月，遊戲金幣和現實貨幣的兌換比例當然不會再像以前那麼驚人。可是儘管如此，10萬金依舊不是一個小數目。

最起碼，雲千千現在經手的金額中就從來沒出現過這麼大的數字。

作為一個一級公會的收購價來說，10萬金的價碼實在是太過了。這顯然是一個非常瘋狂的數字，但凡是有點腦子的生意人都不會開出這麼一個價來。

陰謀，絕對有陰謀。雲千千狼血沸騰。

「是商場打擊？」九夜突兀的開口插進話來，頓時驚悚了另外兩人。

混沌粉絲湯詫異道：「九哥什麼時候對這些瑣事也有興趣了？」

「職責所在。」九夜淡淡瞥來一眼答道。

雲千千興奮的說道：「九哥，你也覺得這裡面是有陰謀哈。」

「……隨便問問。」九夜默了默，終於忍不住再瞥了一眼過來，滿頭黑線……她以為看小說嗎？

混沌粉絲湯愣了愣，但很快回神，摸摸下巴若有所思。「10萬金的價是太高了，如果說是商場打擊確實比較可靠。那麼那人是想把銘心刻骨趕出遊戲？」

「其實我們可以想得陽光點，也許是一個銘心刻骨十分親近的人，不忍心看他被所謂的好友和老婆欺騙，所以特意出10萬金想幫他看清兩人嘴臉？」自從知道另有隱情之後，雲千千就十分有參與精神的充分發揮了自己的想像力。

九夜沉吟一會，起身丟開酒壺：「妳自己刷怪吧，我去查查。」

「查什麼？」

另外兩人一起驚訝。除了刷怪、推BOSS以外，九夜此人一直是對任何活動都淡漠到極點，今天突然這麼有精力，實在叫人很難適應。

一般來說，這種時候第一個跳出來的不應該是蜜桃多多嗎？

「無常說可能有古怪，叫我去查查有沒有經濟帳在裡面。」

雲千千駭然：「我們這裡說的話，無常是怎麼知道的？」難道是傳說中的監視器？

九夜看白痴般的看她：「當然是我說的。」

「……九哥，其實您是姓汪名精衛的吧。」雲千千淚流滿面。

日防夜防家賊難防，她以為自己可以拉著九夜防備無常，卻忘了無常也可以抓緊九夜反防備她。更何況人家在無常那裡是正職，在自己這裡只是玩票……

這死眼鏡仔，居然窺探他人隱私，太過分了。

混沌粉絲湯告辭閃人。雲千千死活硬拉著九夜幫她把這一輪任務搞定，交完任務才沒精打采的跟著人回大地圖。

一到地面，兩人分手。

雲千千再胡鬧也知道不能跟著執法機關的人去探究他究竟是怎樣工作的，這不合規定不說，萬一再出點什麼事情，自己更是說不清楚……

雲千千長吁短嘆的送走九夜，接著刷一聲閃現在銘心刻骨公會臨時辦公室門口，吧唧按鈴。

沒一會，銘心刻骨從屋裡傳送出來，開門驚訝道：「蜜桃？」

「嗨……」雲千千笑得有點尷尬。她剛剛才發現自己挺傻的，專門跑過來要說什麼？有人想花 10 金萬買你公會，我們合夥宰了那傢伙吧？

「有事嗎？」銘心刻骨還算有風度、有耐心，很和藹的看不速之桃。

「那個，你要是沒事就陪我逛逛？」話一說完，雲千千恨不得抽自己一巴掌，這怎麼那麼像思春少女才能說出來的臺詞。

「……」銘心刻骨被問得渾身不自在，猶豫一會才點頭：「好吧。」

銘心刻骨出門，兩人開始並肩散步。

彼此無言浪費十多分鐘後，雲千千認為自己應該說點什麼來打破尷尬了，於是乾咳一聲委婉開口：「銘心啊，你覺得朋友是什麼？」

「……妳是指青鋒和小離？」銘心刻骨苦笑道：「我知道妳過來的意思了，妳是不是想告訴我，他們兩個背著我有一腿？」

雲千千驚訝道：「你怎麼知道？」這太突然了，自己還在苦思冥想要怎麼迂迴提醒對方那兩人的不對勁，結果人家卻突然說他其實已經知道真相了……難道世界上真還有另外一個和自己一樣無聊的人，專門來拯救這隻迷途青年？

「就是和妳分開後知道的。」銘心刻骨嘆道：「我那時候雖然沒接小離的通訊，但還是有點不放心，就悄悄的去了常和小離約會的地方，她以前心情不好就愛去那。結果……」

「結果正好抓姦當場？」

「……其實也不算。」銘心刻骨看起來很難接受的樣子。「我只看見他們兩個牽手說笑，沒其他更進一步的動作，也許是朋友之間感情好？」

他甚至都沒敢出去現身質問那兩人。雖然一直說服自己說那是因為他相信二人，但其實銘心刻骨心裡也明白，自己只是怕最後得到一個最不想要的結果。

雲千千嘆氣的拍拍銘心刻骨肩膀，語重心長道：「大哥，這是遊戲。再進一步，系統不會允許的……」

「可是，只是牽手……」

「一個女人也許會和男人很輕鬆的說笑擁抱，但是她絕對不會輕易跟男人牽手。」雲千千一正臉色，嚴肅道：「知道執子之手的意思嗎？這倒不是說每個女人都這麼想，但牽手這動作代表的親密程度在大多數女人心裡和接吻是差不多的。如果你看見那對狗男女勾肩攬腰了，說不定反倒只是親密朋友間的玩笑……」

「說到這裡順便教你一招，想泡妞很簡單，認識時間不長，你強吻她可能會換一耳光；但想方設法拉拉小手，至少人家不會當場翻臉。比如說街上車多啦，比如說天冷幫她捂捂啦，比如……總之只要拉上手，一切都好說。」

在大街上，女人和同性都很少有牽手的，多數都是挽胳膊。

為什麼牽牽小手這個看起來沒什麼的動作卻反而最曖昧？這個問題雲千千到現在也沒想通。就像她想不通是誰發明了男女戀愛就非得舔人舌頭一樣……世界上神奇的事情太多了，有很多未解之謎等待著我們探索。

當然，這結論也不適用於所有女人。比如在酒吧勾搭上的女子，人家和你喝杯酒就能一起去開房間，拉拉小手那簡直是家常便飯。再當然，拉人的時候偶爾不小心抓著手和牽手也不能同一而論，後者是溫馨曖昧，前者代表的意義僅僅等同於抓繩子遛狗之類的……

銘心刻骨被雲千千一番話說得哭笑不得：「我現在哪有心情泡妞。」

「沒有心情就找心情。天涯何處無芳草，走，我這就帶你摘幾朵花去。」

雲千千扯著銘心刻骨的領子閃人，開始熟門熟路的直奔主城王宮。她遞牌子進入後，在某偏廳找到一掃地老頭，客氣打招呼：「前輩你好。」

老頭直了直腰，眼睛瞇了瞇問道：「有事？」

「是這樣的。」雲千千把銘心刻骨抓到老頭面前介紹：「這是我朋友銘心刻骨，他最近正想尋覓一段愛情……」

「我沒……」

銘心刻骨想掙扎，被雲千千拍下去：「少廢話，有50金沒？」

「有是有，妳想幹嘛？」

「給我。」雲千千不客氣伸爪。

銘心刻骨果然財大氣粗，眼睛都沒眨一下就遞過錢袋來。

他還想再問什麼的時候，雲千千卻已經一個回身，轉手把錢袋給了老頭。「我這朋友就拜託你了，一定要給他找一個好女人啊。」

「嗯。」老頭很淡定的收了錢，掏出一個類似相機的東西對著銘心刻骨「喀嚓」一下。閃光燈一亮，老頭身邊又出現了一個銘心刻骨，樣貌、裝備與真人無一不同。

「你對自己未來的另一半有什麼要求？」老頭刷出紙筆問道。

「這個？」銘心刻骨狐疑的看了眼另外一個自己，遲疑許久後才在雲千千一踹之下，齜牙開口：「其實也沒什麼要求……」

「那就是無限制？」

「也不能說無限制……好吧，無限制就無限制，靠！再打我翻臉了！」銘心刻骨在雲千千的拳頭下蜷成一團，漲紅了臉大吼。

老頭對眼前發生的一切視而不見，又貼了個標籤在假銘心刻骨身上，接著一揮手趕人：「你的要求已經記錄，從即刻開始會有士兵到各地公告欄上張貼你的比武招親資訊，你可以隨時來我這裡查看進況，也可以申請代替自己的替身掌擂……一週後留下最後勝利者，如果滿意的話，可以直接申請婚姻關係……」

「噗——」銘心刻骨噴出二兩小血，瞪大了眼睛：「比武招親？」自己是不是幻聽了？還是在做夢？

「走走走，一週後來看結果就成了。」雲千千把已經略呈呆滯狀態的銘心刻骨再拉走。

出了王宮，他們正好看到一隊士兵忙碌著在公告板上刷漿糊，貼公告。

銘心刻骨戰戰兢兢的捂臉都不敢過去看。倒是雲千千笑呵呵瞅了一眼，回來很高興通知銘心刻骨，他的比武招親資訊已經貼上去了。

這還不算完，NPC士兵們很盡職，生怕沒有玩家注意到公告板上新添了公告，於是又選出一個一看就很精明的小個子，很熱情的敲鑼打鼓外兼吆喝。

「創世紀首位比武招親玩家已經出現，姓名銘心刻骨，等級63，職業……未婚的女孩們、恨嫁的小姐們都看過來了，有身材、有臉蛋、有錢有勢，一嫁過去直接就是會長夫人……瞧一瞧、看一看了嘿，走過路過不要錯過了嘿。擂臺已經架好，為期一週，有意者現在就可以免費申請打擂臺……」

「那位分外美麗的小姐，妳身邊男朋友可不配妳，要不要上來嘗試一段新的感情？買賣不成仁義在，就當多交個朋友也好啊！」

「找死！」路過的小姐的男友怒氣洶洶的想要衝過去，被女朋友死拖活抓拉住帶走。

小個子士兵很失望，撇撇嘴忙去招呼下一家。

銘心刻骨在旁邊看得一頭冷汗，盯著雲千千都快哭了。「我一直覺得我們遠日無冤、近日無仇的……妳到底哪裡看我不順眼了就說吧，幹嘛那麼費事整我？」

這哪是公告NPC啊，純粹是一個搞電視直銷的，而且說話沒遮沒攔，要是放綜藝節目裡，那肯定得是一代名嘴毒舌主持，可現在放這卻有點替自己招禍了。

「我覺得這NPC挺不錯啊，有發展前途，沒准是隱藏BOSS？」雲千千倒是看得挺歡樂。這樣的宣傳效果好得出乎自己意料，原本她還打算拉默默尋來添份廣告，現在一看倒是不必了。

「妳就放過我吧。」銘心刻骨淚流滿面。他確定、一定以及肯定自己絕對會出名，而且照這速度看來應該不會超過一天。

比武招親是跟著結婚系統一起開出來的，光是一個婚姻系統的資料片分量還不夠，於是其附屬的小設定也要跟著一起出來，這才顯得多元化、有趣味。

除比武招親外，婚姻系統中的姻緣遊戲還有紙鶴傳情、許願臺、漂流樹、隨機對對碰、非錢勿擾……這些屬於玩家自行摸索的部分，沒有公布，只開放了新場景和新NPC等人發掘，所以才會暫時無人知道。

本來照雲千千的意思，其他的項目她也想帶銘心刻骨去報個名，廣泛撒網，重點撈魚。結果後者怎麼都不肯再配合，還頗有一副妳再逼我我就死給妳看的堅決壯烈姿態，於是更多的計畫只能就此擱淺。

銘心刻骨甚至連憂鬱的心情都被折騰沒了，他現在就想趕緊離開身邊這女孩。可是他話還沒來得及說出來，腰間通訊器就已經開始響個不停。

身為一個會長，身為一個仗義疏財又好脾氣的會長，銘心刻骨的人緣自然是十分的好。

全地圖同步更新比武招親公告，銘心刻骨的名字在剛才那段時間裡就已經深深的刻入了一部分玩家的腦海中。其中有認識銘心刻骨的，自然是驚訝的互相交流著這個駭人的消息；再接著，當發現彼此都不知道詳細內情之後，所有的疑問就一起劈頭蓋臉的向銘心刻骨本人砸來。

比武招親帶來的影響是巨大的，其中反應最為強烈的當屬青鋒劍和離騷人。

兩人剛剛約會完分手回城，為了避嫌，特意錯開回城時間，一前一後走不同的方向。

第一個得知該消息的是青鋒劍，他剛跳了兩個傳送點，在一個中轉小鎮中就聽到了士兵的吆喝，仔細一聽內容後頓時愣了，火速傳訊息給離騷人：「銘心刻骨在比武招親。」

離騷人收到傳訊大驚，連忙跟自己和銘心刻骨共同的好友們打聽，好友回訊息曰：「銘心說只是開一個玩笑。」

把消息原樣複製再轉發給青鋒劍，後者剛鬆一口氣，就聽見旁邊士兵劈里啪啦開始唸出上一時段參與打擂臺的一長串名字：「玩家XX對陣擂主銘心刻骨，打擂臺成功，擂主更換。玩家XX對陣擂主XX，打擂臺失敗，擂主一連勝。玩家XXXX……」

青鋒劍聽得心驚肉跳，回訊息怒問：「擂臺都連了好幾場了，這也叫玩笑？」

雲千千被黑著臉的銘心刻骨甩了，後者現在名揚四海，儼然已經紅得發紫，短短幾分鐘內就成為了創世紀中最熱門的話題，一顆冉冉升起的新星……

而雲千千身為罪魁禍首，被人討厭一點兒也是正常。再說銘心刻骨現在忙著去跟各路朋友申訴自己的清白，實在是沒空搭理她。

「蜜桃多多。」

雲千千正在感慨事態炎涼，身後一個聲音響起。嗯，不賣關子了，是龍騰。

龍騰走過來，狐疑的看一眼不遠處的公告板和擂臺申請人，再看了看雲千千，問道：「江湖傳聞說妳和銘心刻骨有一腿，看起來是真的？……你們鬧彆扭了？」

「我和他很純潔。」雲千千滿頭黑線。

「哈哈，妳和九夜結婚之前也一直說自己和他之間很純潔……呃，妳這是劈腿？」龍騰瞪大眼睛，突然想起了這個嚴肅的問題。

雲千千萬分感慨、感慨萬分，其一是因為驚訝於龍騰這樣的人居然也如此八卦，其二則是嘆服於對方心理資質之好……看龍騰這突然軟下來的態度就知道，他肯定是要從自己這裡買公會升級的情報了。

這才叫能屈能伸呢！被自己狠敲了那麼多次竹槓，面對現實利益問題時卻依舊能夠保持平靜的心態從容以對。這是一種什麼樣的精神?反正雲千千覺得這人是有點犯賤……不過話又說回來,自己好像確實是有點過分了,逮著一個錯處就不放,斤斤計較那麼久是不是不大好?

雲千千走神中。

龍騰等了一會沒聽到人開口,還以為是說中人的心虛弱點,於是很識相直接轉了話題:「我直說吧,妳說的生意我做了。新大陸航海圖,多少價妳開。」

「……我說 1000 金你會不會跟我翻臉?」雲千千回神,小心翼翼的開出價後,打量對方神情。

龍騰痛快刷出錢袋,意味深長的看雲千千:「希望這一次是真的合作愉快。」

「一定一定。」雲千千打哈哈,抓出自己的海圖,刷刷標記幾筆遞了過去……

錢錢弄到了,銘心刻骨的事情勉強算解決了,雲千千卻再次空虛了。她翻翻自己面板上目前已有的幾個任務,挑挑揀揀,磨蹭一會,終於想起自己還要找魔界商人買解綁令好釋放瑟琳娜。

她又回天空之城。

雲千千一路飛去魔族領地求見魔族族長。還沒落地,下方魔族將領已經嚴令大喝:「發現神族入侵,全員準備,弓箭手,法師……預備……」

「慢!我是城主!」雲千千滿頭大汗,連忙大聲表白身分。

「射！」魔族將領裝沒聽到，果斷下令。馬的，射的就是妳！

城主醜聞事件的真相經過這麼一段時間後，人脈廣的 NPC 早已經打聽到些許風聲了。畢竟這事影響太大，不調查難以給人一個交代。

雖然沒有明顯證據表示，但目前已知的線索裡，一切的矛頭都直直指向當任天空城主雲千千。被誣陷的魔族大怒，部分鷹派甚至表示出想反叛篡位的意思。

還好在系統智腦的威懾下，這個建議終究沒人敢採納。但是梁子總算是結下了，魔族族長下了死命令，一有機會就將城主誤殺之。冒險者被滅口是沒可能的，但好說也要出了這口氣……

香蕉的！雲千千大怒，在一片如飛蝗般的箭雨中果斷化雷，然後再飄飄悠悠的直接落在魔族將領之前才現身。「看清楚了，我不是神族，我是……」魔族的眼力應該很好才對，難道是因為她背上的翅膀才誤會？

「殺！」魔族將領不等人說完，翻手抬出一把大劍直接劈砍。

雲千千慌忙吃顆藥後退，順手從身邊揪來一個魔兵擋住。「踏馬的，小子想造反？」

魔族將領身手好、反應快，去勢不變，手腕一抖，已經舞了個劍花，堪堪避過雲千千身前的魔兵，繼續向其後刺去。

雲千千大驚。這 NPC 等級比自己高的可不是一個水準，想擋下料想有困難；要殺也是不行，自己身為城主，胡亂屠殺居民要暴漲罪惡。眼下還是只能閃……她想到這裡，又吃了顆藥，果斷開魅影撲向魔族大營。

「啊！王八蛋！」魔族將領一刺刺空，再一細看對方撲去的路徑頓時大怒。

這才叫投鼠忌器呢，打仗和比賽可不一樣。後者是在主場占優勢，因為地利人和；前者則是在客場占優勢，因為胡攪蠻纏怎麼鬧騰都是弄壞人家的東西。

雲千千連中指都沒工夫跟人比，一路狂奔站到人家魔族聚居地的中心建築前才停下，背對魔石中樞叉腰而站，面對眾多隨後追趕而來的魔族仰天哈哈大笑：「有本事你繼續砍啊！用力點，別跟女人似的！」

魔族將領咬牙，委屈的收回武器立正行禮，裝模作樣道：「原來是城主大人，真是抱歉，我剛才沒認出妳來。」

「放屁！我明明喊了。」雲千千怒斥對方不誠實。

「在下耳背。」魔族將領睜眼說瞎話。

「我還停你面前了。」

「在下近視。」

「……三等殘廢還敢來做將領？」雲千千鄙視這說謊都不打草稿的。

「……」魔族將領不搭理這傢伙。

雲千千想了想，自己畢竟是要有求於人，只好悻悻然揭過這件事，揮揮手，鬱悶道：「算了，我是來找你們族長的。」

魔族族長再是威風，也不過只是一個天空之城的有身分的居民罷了，既然是天空城主來找，他自然得出來接駕。

一個魔兵過去通報後，很快魔族族長就迎了出來，把雲千千迎進了主廳。

「城主找我是有什麼事要吩咐？」魔族族長笑咪咪的開口，順便偷偷瞪一眼身邊不成器的魔族將領，深恨對方手腳不夠快，居然沒有趁亂滅了這傢伙。

魔族將領慚愧退下。

雲千千似笑非笑的嘿嘿了兩聲：「看起來貴族似乎對我有意見？」

「城主說哪的話。」魔族族長也是老狐狸，笑容一點不見僵硬，很慈藹的看著雲千千。「城主為人正大光明，又深受天空之城眾多居民愛戴，哪是我們這些種族能比的。」

「我媽媽說了，長得越醜的男人越會撒謊？」

「……」妳老母！魔族族長垂了垂眼皮子，心底破口大罵。

雲千千占了個小便宜，喜孜孜見好就收。「其實是這樣的，我想在魔界商人那裡買點東西，但是現在魔界通道還沒有開放，所以暫時想不到其他辦法。不知道貴族中能不能提供一些幫助？」

「魔界商人？」魔族族長搖了搖頭：「我們天空之城的居民都是背棄了自己的家園，說好聽些，我們是保護了各族的精粹文化；說難聽些，我們已經被各自的種族放逐了……魔界商人向來只在魔界中行走，我們現在已經沒有回去的資格，哪能再幫上城主什麼忙呢。」

「也不能這麼說嘛。」雲千千笑呵呵：「俗話說，一家人不說兩家話，你們頂多就是青春叛逆期離家出走的青年。家長雖然生氣喊打喊殺的，但是實際上應該不會真跟你們記仇……要不，你們派些人回去試試？」

「試試？魔主下令，只要看到我們這群叛徒就拖回血池受罰。怎麼試？」魔族族長咬牙道：「到時候如果真是您說的那樣還好，萬一不是怎麼辦？」

「不是那就好好勸勸嘛。」反正折騰的不是自己，雲千千表示毫無壓力，正色凜然道：「做錯事要勇於承擔責任並主動改錯，一味逃避是不對的。」

「＃&％$％……」

雲千千無功而返。

魔族族長表示自己不是什麼偉人，就想在天空之城上苟延殘喘著，等再綿延個幾代之後，說不定子孫中會有勇於承擔責任的勇士出現，希望雲千千有耐心等到那一天。

雲千千鬱悶，只好在混沌粉絲湯那裡掛了一個尋找解綁令的任務，希望這胖子手下有能人幫自己解決這一個頭疼的問題。

混沌粉絲湯照程序掛上任務，回過頭來笑呵呵的開玩笑調戲雲千千：「聽說龍族都愛收集珍寶什麼的，妳怎麼不去妳龍哥那找找？搞不好以前魔族有什麼屠龍勇士栽他手上？再搞不好那魔族勇士剛好身上就帶了塊解綁令？」

雲千千沒吭聲，精心敲了個中指圖回傳，關通訊、關頻道，閃人之。

龍哥又不是哆啦A夢，找他還不如再去找神族試試。畢竟神族小王子和眾神遺址那裡的神族官員還有過任務牽扯。

再飛神族，這回雲千千總算沒再遇到拉警報的全營戒備了。

神族的脾氣就是好，被冤枉了也沒想著扳本報仇。當然，也有可能是因為神族小王子欠著雲千千一個恩情，所以不好意思下手？

當好人就是比當壞人顧忌得多，每下一個決定都要百般思量，這樣印象會不會不大好？做的這件事會不會造成什麼惡劣後果？要對付的人是不是真的十惡不赦？……囉囉嗦嗦、唧唧歪歪之後，最大可能就是什麼都不能做，直到人家打上門來才被動應戰。

雲千千很欣賞這樣的性格，如果世界上能多點類似神族這樣的存在，那自己得能省多少工夫啊。

神族小王子親自親切的接見了雲千千，聽完對方的來意之後，臉上頓時露出了和魔族族長同樣為難的神色。

「神界商人？儘管神主並沒有下令怪罪，但我們也已經沒有臉再回神族了。」

「……」雲千千強吞下一口小血，很受刺激。「你的意思是說，你們現在想回去還是可以的，但是你們自己不好意思回去？」

「嗯。我們既然做出了背叛的事情，怎麼還有顏面回去面對族人？」神族小王子淚花閃閃。

雲千千同樣淚花閃閃……這是什麼樣的人啊？如果不是看在大家認識一場的分上，自己肯定得揍他一頓。當然了，更主要原因是這裡畢竟是人家的地盤……

「可是我現在的任務非得找商人買解綁令……要不這樣，你問問你們族裡有沒有臉皮厚的，這麼大一個神族，總不可能一個無賴都沒有吧？」

「這……那我幫妳問問。」神族小王子雖然對對方口中的無賴一詞表示不滿，也很想反駁以表清白，但想了又想，最後終於還是同意。

召來一個神族小兵吩咐了幾句後，揮手讓其退下，神族小王子笑笑的招待雲千千。「城主大人請先喝杯茶，等一等就有結果了。」

喝茶……你現在就是讓我喝紅瓶也彌補不了我內心的創傷。雲千千勉強笑笑的舉起茶杯，喝得心不在焉、賊眉鼠眼。

神族小王子眼角跳了跳，努力裝作什麼都沒看到，一派鎮定的端杯輕啜。

好一會後，剛才派出去的小兵終於返回。

雲千千慌忙放下茶杯，急切問道：「怎麼樣？」

小兵含淚屈辱回答：「王子殿下，有一個無恥之徒請求重返神族。」

025 神界

「好久不見了，大人。」曾經在雲千千等人登上中轉站時就負責接待的偽神使者討好笑，笑完再看雲千千身後跟出來一臉便秘的神族小王子，越發諂媚：「王子殿下，我一定會把我們天空神族懺悔的心情完完本本轉述神主。」

「不必。」神族小王子咬牙。他雖然本性善良，但身為一代領導者，小王子又豈會真是一點謀算都沒有？不管偽神使者把理由說得多麼冠冕堂皇，其本心目的一望即知，再多掩飾也是沒用。

「跟我走吧，別在這招人嫌了。既然想當那個什麼，還是把牌坊乖乖收起來比較好。」雲千千一抓還想說些什麼的偽神使者，制止了對方還想繼續討好神族王子的言行，轉身道謝：「那我就帶這人走了，回頭把人帶到了地方再給您送個口信？」

「不用了。」神族小王子幽幽道：「到了是他的運氣好，如果半路有個什麼三長兩短也不用告訴我……」

雲千千陪笑道：「您真會開玩笑……」

離開神族聚居地後，雲千千撇撇嘴，看了看身邊偽神使者，說道：「你還真有決心，這次如果回不了神族的話，這邊怕也是不肯收留你了。」身為雙重叛徒，偽神使者以後的路怕是不那麼好走。

偽神使者笑道：「沒事，實在有那麼一天，大不了跟著您好了。」

雲千千頓時不想理他了，莫非自己成了人家備胎。

偽神使者其實也沒辦法自行找路回神界去，雲千千也不指望他知道。這 NPC 砸她手裡，基本上就跟一個通關文書的作用差不多。

雲千千帶著人回眾神遺址找那個神在人間的代理人。自己以前幫人家找過走失兒童，再加上現在身邊跟著的這個人，對方怎麼也應該會給幾分面子，幫忙她打開傳送通道才是。

如果那位老頭實在看不爽偽神使者，不願意給面子也不怕。大不了她改口說這人是她的投名狀……

雲千千帶了偽神使者直接避開戰鬥，一起飛進眾神遺址中心，很輕鬆找到正牌神族使者。

後者一見前者即勃然大怒：「你這混蛋居然還有臉出現？」

雲千千連忙上前打圓場：「使者大人消消氣，這人知道錯了，特意來道歉悔過的。」

偽神使者很配合的立刻做出一副孫子樣子，謙遜低頭、熱淚盈眶：「我錯了。」

神族使者的滿腔怒火頓時被這一句話憋了回去，發又發不出來，嚥也嚥不下去，抓心撓肝，鬱結不解，硬邦邦、冷嗆嗆的哼了聲，陰陽怪氣的嘲諷道：「不必。貴族現在前程遠大，又占據天空之城，哪是我們區區神族可以供得下的，更別說認錯什麼的……」

雲千千使了個眼神，示意偽神使者自己去解決。

偽神使者支吾半天，終於下定決心甜笑著諂媚湊過去耍賴，抓著神族使者的袖子討好道：「爺爺……您別氣了。」

「……」雲千千滿頭黑線。原來這人不是裝孫子，是真孫子……

一門兩使者，這家人也算是有面子的了。雲千千擦把冷汗，開始遙想追憶當年曾和眼前這位使者爺爺有關的NPC。要按家族出仕來說的話，應該還會有其他不少有面子的親戚才對。記得當初看著神將似乎和他有點姦情，祭祀似乎和他也有點交往，神主似乎……

心中一有懷疑之後，雲千千頓時覺得彷彿神族中每一個有點身分的NPC都像是和這使者有點不可告人的關係。冷汗直流，她趕緊放棄了繼續追憶下去，免得越來越離譜。

現在可不流行家天下，太犯忌諱了。

偽神使者也許手上功夫不怎麼樣，但是嘴皮子功夫那絕對是練出來了的。雲千千走神的那一會時間裡，他已經把使者給磨得漸漸鬆了口。

「孫子知道錯了，這次特意來跟神主賠罪的。爺爺，幫我開個通道唄？」偽神使者嬉皮笑臉，如小狗狗般討好。

「哼。」神族使者一聲冷哼。「認錯是那麼簡單的嗎？」

說歸說，他面色卻是緩下了不少，抬指劃開一處通道，口不對心的大罵：「滾滾滾！自己去跟神主認錯去，回頭自己去制裁所領死！」

「是是，我這就滾。」偽神使者帶著雲千千點頭哈腰衝進通道。

神族使者臉色一變，剛想開口讓雲千千出來，可惜通道口卻已經緩緩閉上……

神界主城有永恆的陽光、四季綻開的鮮花、精美細膩的各處建築、俊逸秀美的天使，以及隱隱間從不間斷的、不知何處傳來的縹緲箏樂……

如果要排名約會聖地的話，神界主城絕對是名列前茅。可惜就是太過廣袤，在沒有對玩家開放的現在來說，那本來不應該算少的神族 NPC 們在這片土地上一分散，頓時就應了地廣人稀那句話，靜悄悄的，半條街都聽不到一句人聲。

當然了，NPC居民雖然確實有點少，巡邏的神族士兵卻是不會少。

雲千千和偽神使者剛在主城出現沒一會，一隊士兵就巡視了過來，發現二人，一聲喝問：「站住！什麼神？」

「冒險者。接了任務，押這小子來向神主認罪的。」雲千千不怯場，當即抓了偽神使者領子在手，很是正義凜然答。

偽神使者乖巧的順勢低頭，做出俘虜該有的萎靡不振狀，哀怨的眼神瞟瞟雲千千，再掃掃那隊巡邏士兵，最後憂鬱的低下頭去……

這一連串的動作看得雲千千大樂，要不是已經有了凱魯爾占掉自己隨從名額的話，她都打算事後把這孫子抓回去當自己隨從了。

這人真壞，太合自己胃口了。

巡邏士兵們一看清偽神使者頓時都是大驚。這神身分可高啊，對方是神族在人間的代理人的親孫子，用玩家的話來說就是個官二代。早聽說他當年和另外一群神族一起背叛上天了，沒想到今天居然會被抓回來……

緊急湊腦袋嘀咕一陣後，一個疑似領頭的NPC舉劍指問雲千千：「神是妳抓的？」

「是我抓的。」雲千千依舊一臉正氣。

「那通道是誰幫妳開的？」

「眾神遺址那老頭。」

一群巡邏士兵一起擦汗，趕緊再湊近腦袋。

這下事情可大了，這是爺爺抓孫子，還讓一個冒險者帶回來領罪？好像有點不符合程序啊。

等巡邏眾神把這個疑問表達出來後，雲千千鄙夷正色道：「這你們就錯了，使者大人正氣凜然，大義滅親，哪怕是自己親孫子也絕不縱容，實屬我等之楷模……至於說為什麼讓我押送也簡單，一來是使者他老人家職責在身，不好擅自離開。二來也是終究不忍心親眼看見自己孫子蒙難，所以才咬牙拜託了冒險者中最為出眾正義的我……」

雖然回答很扯蛋，但是雲千千能站在這裡，本身就從另一個方面驗證了她的入城資格的合法性。如果不是使者打開通道的話，現在的冒險者怕是都不得其門而入吧。

糾結一會後，巡邏士兵們無奈承認了雲千千並非偷渡者。

領頭NPC拿個狗牌出來，不甘心的套雲千千脖子上，在後者蠢蠢欲動想伸爪取下前，慎重叮囑：「在神界期間不可摘下這個牌子，不然若是被查問逮捕可沒神救妳。」

好吧，戴就戴。雲千千磨了磨爪子，咬牙認了，掛著狗牌哼哼：「那我這就帶他去見神主了？」

「去吧。」巡邏士兵們轉身要走。

「順便問一下。」雲千千把人攔住：「你們知道神界商人最近在哪出沒嗎？」

巡邏士兵中站出來一個NPC，驚訝問道：「妳找我父親？」

「……」雲千千嚥下一口小血：「神族的人際關係真複雜。」

據其自稱是神界商人兒子的NPC道：「我父親前陣子說去外城辦貨，之後就一直沒回家，我母親也正在找他，妳如果有父親消息的話，能不能通知我一聲？」他說完，星星眼看雲千千。

聽到系統提示接到新任務的消息，雲千千淚了：「好啊，有消息我一定通知你。」

巡邏士兵們終於離開了。偽神使者一掃頹廢樣子，從雲千千手下直直站起，嘿嘿笑著湊過來，壓低聲音道：「那商人也是個狡猾的傢伙，他在外面有好幾個情人，說是去辦貨，其實有好幾次都是去會情人去了，所以那位……」

他說到這裡頓了下，指指巡邏士兵離開的方向才接著道：「他老母才會那麼操心，每次只要自己老公超過三天沒回來就到處抓人問消息。」

「神不風流枉少年啊。」雲千千擦汗長嘆。自己前輩子怎麼就沒發現這個任務呢？看來遊戲果然還有很多待發掘的隱藏事件。

「是啊是啊，好幾個情人呢……」偽神使者連連附和，遠目遙望，臉上透出嚮往的神色。

雲千千滿頭黑線，抓上偽神使者領子繼續趕路。

「走先見神主去，沒準他有法子。」

偽神使者反正還得去辦個登記落戶，對於見神主也沒意見。鑒於自己現在的身分是一個被冒險者押送的罪犯，所以他很是配合，一點反抗也沒有的任人抓著走了。

雲千千先轉了各處，找到一些記憶中有分量的高官神族，從偽神使者那裡剝削來東西送上孝敬。鋪好路後，雲千千這才熟門熟路的摸到神宮，沒理會偽神使者對自己一副識途老馬樣的驚嘆和疑惑視線，直接跟把守神宮的侍衛亮了亮脖子上的狗牌，再說明來意，很快就得到了神主的召見。

要說玩家不多還是有點好處的，起碼一來就可以直接見到最高領導人。如果等神、魔二界的通道被打通之後，到這裡的人就多了，到時候神主老人家日理萬機，哪還有空親自來過問她的這點雞毛蒜皮？

進了神宮，跟著傳令神使七拐八繞到達大殿，雲千千笑嘻嘻的看高高在上、一臉祥和尊貴的神主只感覺分外親切。「神主好啊，我幫你帶犯人來了。」

神主往下瞟了一眼，淡笑頷首：「原來是我神族曾經的子民。」

偽神使者很上道，乖乖趴地上，謙恭致歉：「小神以前一時糊塗，請神主原諒。」

「都是以前的事情了，誰能保證一輩子不犯錯呢。」神主低嘆了一聲，抬手放過偽神使者：「你起來吧，站到一邊去。」

偽神使者聽話起身，退到一旁。

神主又看了看雲千千。「這位冒險者，很感謝妳對神族子民的幫助，聽說妳來神界還有其他事情要辦？」

「是的，大人，我想找神界商人買點東西。」

神主微笑問道：「哦？不知道妳想買的是什麼？」

「是這樣的……」

雲千千盡量簡單的將修羅族和亡靈一族的戰爭經過講解了一遍，其中包括九夜無意中收服瑟琳娜魂匣的事情；接著她再表示了一下現在自己族和亡靈一族有握手言和的願望，所以必須要解放瑟琳娜……口乾舌燥的敘述完後，她最終總結：「……所以就因為這樣，我受亡靈君主所託來尋找解綁令，聽說只有神、魔兩界的商人手中才有這樣物品，不知道神主能不能提供一些幫助？」

「嗯……那麼說來，確實是情有可原。」神主沉吟半晌才道：「可是神界子民千萬，我又怎麼可能知道每一個神的動向？」

雲千千大失所望，掙扎著正想再努力爭取一下，這時旁邊湊上來一個神官在神主耳邊不知道小聲嘀咕了幾句什麼。

神主邊聽邊點頭，等人退下後，才清咳幾聲道：「不過既然妳求到神界來了，我們當然不能讓對神界有恩的人空手而歸……這樣吧，我派神下去張貼公告，讓所有下屬神官幫妳調查一下，一週之後妳再來。」

「多謝神主大人。」雲千千大喜告辭。

雲千千出了神宮沒一會，獲得神界重新接納的偽神使者也出來了。他現在要去重新辦理戶口，順便回家探親，剛好和雲千千一路。

偽神使者對於神主如此好說話的態度感到非常不解。雖然神族一向標榜慈藹，但也不可能人家說什麼就應什麼。別說雲千千這麼一個名不見經傳的冒險者來打聽神界商人行蹤，單是自己當年戰前擅離出逃的罪過就足以被狠狠問罪一通了，沒想到現在輕鬆過關，這其中的玄機實在很令人深思。

雲千千聽完偽神使者的疑惑後樂了，笑笑的幫人解惑：「還記得我們去神宮前送的那些禮嗎？」

要說還是老使者比自己孫子通透，別看人家罵歸罵，知道孫子這事可大可小，趕人前還特意塞了東西送禮周轉。要不他們真要這麼愣頭愣腦的直接轉進神宮去的話，到時候說不定神主心情不好，把人直接定罪，丟進制裁所也說不定。

至於心情不好的理由可就多了，沒準今天菜不合胃口啦，剛和老婆吵完架啦，孩子作業沒做完還偷跑出宮啦……

偽神使者皺眉問道：「妳跟我要東西送禮就是為了這個？可是妳怎麼知道爺爺塞了東西給我？而且我

們送禮只送了官員，也沒送神主啊？」

「盜竊術我熟著呢，偷東西成功率也許不高，塞東西成功率可是百分百。」雲千千白了他一眼，這NPC當自己不知道盜賊有盜竊技能？她說完繼續接下去：「至於說送禮物……這就是門學問了，即使我說了，以你這智商也不能懂。」

送禮也分上、中、下三等。最下等的是直接大咧咧的上門砸錢，這種送禮方式容易把人惹惱不說，碰上心機深一點的，還得懷疑是不是送禮人替自己設下的圈套。

中等是婉轉迂迴，比如說拿個菸盒子、茶罐子之類的把鈔票包起來……送禮、收禮的人各自心中有數，不點破、光記情分，大家面上也好看，行事也安全，自然是皆大歡喜。

最上等的是送禮、收禮人都裝傻。不直接把東西給想送禮的那位，而是轉到人家手下、門客之流。只要是有點門道的，自然知道這真正的收禮人該是誰，過一道手，再以其他正式的名頭敬獻上去，把錢洗白了，光明正大揣口袋裡……

神族光明無私？如果連吃飯都困難了，所謂的光明無私也不過是一個笑話。

遊戲中，城池地圖等的繁榮度始終還是掛在玩家流量上的。神界現在還沒開放，所謂的繁榮也就是個面子上，裡子已經虧得差不多了。要不怎麼每個遊戲裡的每片地圖都要等有玩家的身影出現後才會開始發展呢。

用古早遊戲的模式來套的話，這是因為玩家出現後，地圖的發展進度才正式開啟。而到了擬真世界裡，則是因為有了玩家消費才能帶動經濟。

神界現在窮啊，困難啊，一貧如洗啊……雲千千搖頭嘆息，順便幸災樂禍，一拍偽神使者肩膀：「大哥，你也聽神主說了，我要在這住一星期吧？最近一段時間沒處去，說不定要去你家裡打擾了啊。」

偽神使者呵呵笑著，很夠義氣點頭：「沒問題，反正最近我想去神界周圍的露天溫泉旅行考察一下，我房間給妳住，我飯給妳吃，不用客氣。」

這個老色狼。

026 被動與主動

神女伺候著、神使調戲著、神酒喝著，神菜品著……神神秘秘的過了一週，神主終於派神僕下來傳話，神界商人找到了。

憋得兩眼發綠的雲千千二話不說拋棄所有神，直撲神宮，抓過商人，刷出錢袋就要買解綁令……

「什麼？1000金？你踏馬的怎麼不去搶劫？以前明明是100金！」雲千千怒吼。翻手就漲了十倍，這群王八蛋拿她當肥羊宰呢。

「這個……」神界商人狂擦冷汗，不停對主位上的神主打眼色。大家明明不是說這冒險者是第一次到來？而且以前也沒聽說有其他冒險者進入神界的消息，怎麼她會對自己商品的價格那麼了解……

神主也尷尬。原本以為人家是小白，沒想到碰上一根老油條。原想對方見到商人後就該感激涕零了，根本不可能知道其中有漲價的問題，自己也可以順便撈一把，結果被人當場戳穿……他乾笑兩聲解釋：「是這樣的，最近神界物價飛漲……」

「飛漲十倍？」雲千千淚流滿面：「泡沫經濟啊你們！」

瘋狂乾咳，神主強笑著口風一轉：「當然了，以閣下和我們的交情，這個價倒是不必……還是100金好了。」敲詐這種事情還是得暗著來，最好被敲的那人自己也不知道……

既然已經曝光了，還是等下隻肥羊吧。

雲千千回到大陸地圖召喚九夜欲取魂匣，被拒絕之。

雲千千驚訝，她還是第一次遇到這種被九夜拒絕召喚的情況，連忙去電詢問緣由。

「我在工作。」九夜回訊很快：「現在沒空，有事等會說。」他說完不等雲千千回話，掐斷通訊。

雲千千再撥去時已是系統提示關機。

越加驚訝，雲千千瞪著手裡的通訊器半天說不出話來。他說他在工作耶！馬的，居然還掛她電話耶！

把這個震撼消息與彼岸毒草共用，後者同樣表示了震驚與不解：「這整個創世紀中除了妳以外，居然還有其他值得九夜這等級的高手來注意的恐怖分子？」

雲千千鄙視之。

當然，這只是玩笑話。

彼岸毒草後來也解釋了一下九夜目前的情況。在雲千千暢遊神界的那一週時間裡，無常把九夜抓去做了許多事，大到暗殺、屠團，小到推BOSS、清地圖……無常的思路令人無法理解，大家也看不出來九夜做的這一連串事情有什麼意義，但是唯一可以確定的一點是，九夜最近真的很忙，忙到一點空閒都沒有；而且在不知不覺中，離開雲千千後的後者已經闖出了不小的名氣，並在一獵頭工作室掛名，接理玩家任務，身價排行第一。

雲千千隱隱約約知道這麼回事。九夜掛名的工作室她以前也聽說過，專門替人幹殺人越貨的勾當，也有接竊取公會任務的，在創世紀工作室中算得上有影響力。比如說以前風起的哭泣，就是其他工作室派出來篡謀竊取皇朝的一個典型，可惜運氣不好被自己撞上了，所以才失足落水。

「可能是無常想讓他打名氣吧，也或許是其他目的。」雲千千嘆一聲：「這種事情拿去問九夜的話，料想他自己也不知道無常讓他幹的事情是出於什麼原因。」

戰將和智帥是有不同定義的，前者只要衝鋒陷陣，後者才是出謀劃策。有些時候，帥會告訴將，他做的某件事是出於什麼原因，但更多時候卻是會採取保密的措施。

比如說有時需要派出一支人馬去做餌，吸引敵人入圈套，這時候派出去的人就等於是棄子。為了任務註定犧牲當然是無話可說，但誰能保證所有人都對這安排沒想法？會不會已知自己沒希望了，所以提不起精神或者乾脆當逃兵？

再說了，就算保證手下人絕對忠誠，明知會死也全力以赴，可是詳細解釋了真的有意義嗎？除了讓人死得明白以外，這種行為對整個計畫完全沒有任何幫助。

所以說，了解自己的定位是很重要的一件事。許多人希望自己被人看重，但被人看重不代表所有人、所有事都會對你有一個解釋，更不代表自己理所當然能夠得到所有的信任和坦白……

既然九夜現在在忙，雲千千只好去做點別的事。

銘心刻骨的比武招親剛好也是一週時限，雲千千路過傳送擂臺的士兵面前，正好聽到對方在公告還有十分鐘就打擂臺結束。反正閒著也是閒著，雲千千興致勃勃的申請上擂臺，想去瞧瞧是誰得到了最後勝利。

本來還打算說看一眼就脫裝備讓擂主打死算了，也免得壞銘心刻骨好事，結果上臺一看擂主，雲千千頓時吐血……居然是毒小蠍！

她重新手忙腳亂的套上裝備，三下兩下把毒小蠍形象的 NPC 擂主幹掉。

雲千千心有餘悸的跳下擂臺，傳訊息給後者：「君子滿足不了妳？怎麼紅杏出牆了？」

「妳別管。」毒小蠍心情不好的回訊息。說完料想是剛接到系統提示，她又回一條消息大罵：「靠！妳把我的擂主滅了？」

「我怎麼忍心看一對怨偶出現。」雲千千也無奈。「而且妳出牆也別找我朋友啊。到時候萬一君子大怒來找小三，妳說我是幫他還是幫銘心啊？」

「哼，他才不在乎我做了誰老婆……廢話少說，既然壞我好事就擺酒道歉！」

雲千千狂汗：「擺酒可以，飯菜之類妳負責買單？」

「可以。」

身邊士兵喜氣洋洋的敲鑼打鼓，宣布比武招親結束，最後贏家是蜜桃多多。雲千千不敢繼續站這接受萬眾矚目，趕緊拔腿開逃，離開前順手從路邊小酒鋪抱了一缸劣質二鍋頭去找毒小蠍吃飯。

酒樓包廂裡，毒小蠍點了一桌子好菜放著，桌邊卻光禿禿的只擱了兩個空碗，明顯是在等雲千千的酒。等人一來把劣質二鍋頭往外一掏，頓時整個包廂裡彌漫著一股酸酸的酒氣……

毒小蠍皺了皺眉，冷笑道：「妳還真好意思。」

雲千千坐下，探頭看了看桌面上，不是熊掌就是鮑魚，不是龍蝦就是灼鹿肉，還有雞絲梗米粥以及精緻攢盒小糕點……這麼一對比，自己帶的這酒確實是有點不上檯面。

不好意思的訕笑兩聲，雲千千理直氣壯道：「有多大能力就辦多大事，我是赤貧階級，和妳這樣子的有錢小姐當然不一樣。為了面子打臉充胖子是最要不得的，我不為此而自卑……要喝不慣的話妳自己去買啊。」

「……妳那不叫不自卑，妳這已經是不要臉。」毒小蠍取了一個碗，也懶得動缸子，直接就手從裡面掏出一碗來喝了一口，眉皺得更緊，呸了一聲：「靠，真踏馬的難喝！」她說完到底是下不了嘴，終於招來小二，讓他上罈好酒。

小二剛跑進來就被滿屋子酸酒味道熏了一踉頭，苦著臉捂鼻：「兩位客人還要點什麼？」

「來一罈子好酒。」毒小蠍一指正散發氣味的二鍋頭：「順便把這貓尿拿出去丟了。」

「別，讓NPC回收了還能換個幾銀。」雲千千忙喊住小二：「夥計，你這裡回收酒水嗎？」

小二苦笑道：「客人，您這酒水我們不敢收，我們酒樓後院的淘米桶都沒這味道呢。」

毒小蠍橫眼鄙視雲千千。

雲千千滿頭黑線擺手，說道：「走吧走吧，怎麼這麼欺負人。」

小二拖著酒缸出去，走前順手把包廂窗戶打開，頓時還空氣一個清新。不一會後，新的酒水拎上來，毒小蠍換個乾淨的碗舀了，喝了一口再咂咂嘴：「這才叫酒呢。」

「……」雲千千也就手掏了一碗酒，毒小蠍鄙視的就當沒看見，喝下半碗不吝讚賞：「不錯不錯……說吧，妳和君子怎麼回事？」

「喝妳的酒吧。那麼多菜都堵不住嘴，管那麼多閒事做什麼？」毒小蠍斜一眼雲千千。

「別說我不夠朋友，到時候酒菜吃完我可直接閃了啊。」雲千千嘿嘿笑道：「女人都愛說某件事情她不想說，但其實站到人前了就是要說的意思，只不過想讓人纏著問她而已……先聲明，我時間很寶貴的，而且不愛聽故事，機會僅次一次，不說真不管妳了。」

毒小蠍再瞪雲千千一眼。「妳吃老娘的、喝老娘的，有事了就想跑？」

她真有點喪氣，雲千千根本不是一個傾訴心事的好對象，她沒耐心、沒愛心還老想撇責任。不可能像一般姐妹一樣關懷勸慰自己也就算了，最可氣的是，不管妳心情是否低落，人家該整妳還是繼續整妳，從來不管什麼雞毛蒜皮。

如果有其他選擇的話，毒小蠍也不想和雲千千囉嗦。問題是誰叫君子沒有其他交往深厚的女性朋友？或者可以說，也許正是因為雲千千是這樣子的人，所以才有那麼多人能和她自然相處，而不用擔心什麼不自在的問題。

長嘆一口氣，毒小蠍也不繞彎子了，很喪氣的低頭道：「妳說君子到底怎麼想的啊？」

「什麼怎麼想？」夾口菜吃下，雲千千分心順嘴問句。

「就是我啊。」毒小蠍想揪這女孩衣服了，眼睛噴火，看人根本不為自己感情問題發愁的樣子。「妳說他到底對我怎麼想的？」

「麻煩。」雲千千嘖了聲，看毒小蠍臉色不好有掀桌子衝動，連忙解釋：「我意思是說他八成覺得妳麻煩。」

「麻煩？」毒小蠍有點呆呆的樣子重複道：「他覺得我麻煩？」

得，受刺激了。雲千千想了想，接下去解釋：「比如說吧，假設現在有個小開想追妳，天天送花給妳，電話簡訊騷擾著講肉麻情話，還成天開著他的破賓士到妳上班公司，當著所有路人、同事的面，死皮賴臉要接妳上下班，不幹就尾行騷擾……妳會怎麼想？」

毒小蠍嘴角抽了抽，幻想一下就覺得怒不可遏：「老娘抽他這不要臉的！」

雲千千冷靜的看著她，說道：「妳現在在君子眼裡就跟這小開差不多。」

「……」

不可否認，人都有虛榮心，一個長得不算太差的異性對自己情有獨鍾，還不吝於當著所有人的面前表白，這不管在男人、女人眼裡，都是件很能長面子的事情。就算是不想和對方在一起，一般情況下被表白的一方也不會太過抗拒，甚至可能還有些洋洋自得，虛榮心膨脹。

可是如果當這個追求者做出的事情嚴重影響到自己正常的日常生活的話，追求就變成了騷擾，得意就變成了負擔……

毒小蠍長得不算差，也有能力。

可是再怎麼好的條件也不能成為君子願意承受騷擾的理由。後者本來就是一個喜歡到處遊盪的浪子性格，這種人即便是真有了女朋友也肯定會保留自己一定的私人空間。毒小蠍卻在還沒轉正之前就把人的生活空間占滿了，天天死纏爛打的無處不在，這難道還不夠讓人望而卻步？

就算君子可能原本有那麼點小心思，在發現此女的強悍之後，料想那點心思也要被踩得死死透透的，連點小火花都不剩了。

「妳意思是說，我不能把君子管得太緊？」毒小蠍迷茫了一會，若有所悟。

「妳壓根就不用管他。」雲千千翻了一個白眼。「別看他現在躲都躲不及，等過個幾天就該坐不住了。妳前陣子天天纏他，突然有一天人間蒸發，就算君子對妳還沒意思，他心裡也會納悶啊，毒小蠍為什麼不來找我了？是不是有其他更大的陰謀在計畫中？還是出了什麼事？」

嘿嘿奸笑了兩聲，雲千千再掏碗酒。「等他開始對妳好奇了，就是個好的開始。」

感情都是由好奇開始的，好奇了才會觀察，觀察了才會接近，接近了才會熟悉，熟悉了才會戀上……雖然不一定每一個人最後都會愛上自己好奇的人，但愛上了的人總都是這麼開始的。

從這一點上來說的話，毒小蠍以前做的一切就不算無用功了。她先無比接近君子，再突然離開，引發了好奇……如果一直是平常交往的話，君子說不定到現在都不會對毒小蠍另眼相看。

不管是喜是厭，反正只要先成為最特別的那個就行。

再延伸開來的話，這也是女人喜歡壞男人的原因。好男人對每個人都好，於是他的女朋友根本感覺不到自己在戀人心中的特殊性。感覺那個好男人對她、對朋友都是一樣的，一樣的好，一樣的掏心掏肺……既然如此，做戀人和做朋友有什麼區別？女人抱著這樣的心態，日久天長之後，也許感情就慢慢的淡下來了。

而壞男人對所有人壞，唯獨對那麼一個人好，這點好就顯得越發彌足珍貴了起來。特別的、另眼看待的、獨一無二的……這才是最能吸引女人飛蛾撲火的真正精髓。

雲千千的思考邏輯開始發散，毒小蠍在剛才的談話中若有所思，如同修行中頓悟天機般入定靜坐。於是這兩人一起開始沉默，直到彼岸毒草發來的消息打破這氣氛。

「島嶼上的聚居地建好了，要不要來看看？」彼岸毒草問道：「還有，剛才龍騰的船到附近巡航了，他們是怎麼找到這裡的？」

「我賣的航線。」雲千千笑道：「他們要在附近也占一片領地，要是有機會可以合作下，借他的勢帶動我們島嶼發展也不錯。」

「行，那妳先來一趟。」

彼岸毒草切斷通訊，雲千千站起來和毒小蠍告別：「我有事先走了，妳買下單吧。」她說完，掏了十來個酒瓶子在桌上一列擺開。

「哦。」毒小蠍回神，心情平靜了不少，似乎已經抓住了努力方向。看著雲千千提了個酒瓶蹲下，她也有心情好奇了：「妳在幹嘛？」

「灌點酒打包，反正還大半罈子呢。九哥前段日子喝光我不少酒了，總得補充點吧。」

「……」毒小蠍木然的看桌上十來個空酒瓶，沉默無語……

雲千千不懂感情，她就喜歡錢。

或者說她不懂的不是感情，而是沉浸在感情中的那些人……過日子講究的是實惠，多少轟轟烈烈最後也不過是兩個滿臉皺紋的老頭子、老太婆，有什麼意思？

跟一個和自己合得來的、相處起來感覺也不錯的人，一起搭夥鬧騰完自己接下來的後半輩子；等到自己鬧騰不動的時候，回憶起充實的前半生還能攜手相視一笑……雲千千覺得這樣也就不錯了，何必非指著某一棵不喜歡自己的歪脖子樹上吊，把自己的精力都花費在無休止的激昂慷慨中？

於是雲千千依舊沒心沒肺、依舊四處折騰、依舊沉迷執著於鬧騰自己也鬧騰別人的事業……

傳送去亞特蘭提斯，掐著魚人脖子要了隻大海龜送自己去屬島，雲千千只花了不到一天的時間就意氣風發的出現在島嶼海岸上，把原以為要花五天來等待會長駕臨的彼岸毒草嚇了一大跳。

「大人，千萬記得刻傳送座標啊。回頭歡迎您到亞特蘭提斯來玩，但千萬別再來要東西了。」駕龜魚人委屈的摸了摸自己的小細脖子，對之前的遭遇心有餘悸：「要知道，非活動期間我們一般不出動海龜的，單起步費就得三百斤小魚，這也太燒錢了。」

「行了行了，你回吧。」雲千千揮手送別魚人，轉頭問彼岸毒草：「龍騰的船什麼時候來的？你們談過了沒？」

「龍騰在我們這刻了一個座標，談判就得等著妳呢。有妳在，才能拿下最大利益。」彼岸毒草翻個白眼，當前帶路引雲千千去聚居地。

「回頭我要是好處拿少了，你得怪我不盡心；拿多了，你們又要背著說我為人卑鄙無恥什麼的……」

雲千千覺得牙疼，自己現在也就這點利用價值了，最可氣的是，出力還落不到好名聲。明明是對手不夠厲害，所得利益也是大家分，為毛最後黑鍋卻都是只有自己來背？

「妳是會長嘛。」彼岸毒草也覺得態度不對，連忙回頭討好笑一個。

「會長就是給公會當狗腿子順便接髒水的？」

彼岸毒草滿頭黑線：「那妳意思是，不當會長妳就能做個大公無私的好人了？」

「……絕對不會。」

「這不還是一樣……走吧。」

雲千千一路走來，看得出彼岸毒草已經把島嶼建設得頗具規模了。玩家公會占領一處駐地之後可以劃建地盤，圈好範圍，在範圍內能夠建設各種建築及設施，而範圍外才會刷新出新的地圖小怪。

也就是說，像手裡有個島嶼這種情況，實際上可以有兩種選擇。一是把整個島嶼連部分海岸圈起來，直接弄個大型旅遊景點，整座島都不刷新小怪、BOSS等。另外一種選擇則是圈劃部分區域，占山為王；外有小怪環繞，內有駐地駐守，圈成自留練級點……

彼岸毒草把半邊有海岸的地方全劃在建設範圍內了，另外半邊帶懸崖臨海的地方依舊刷新小怪，直接把小怪弄成自留後院圈養。以駐地聚居營為線，前半邊帶海岸的則預備留成旅遊點，並建設商業發展區好增加稅收進項。

為了最大限度保證不破壞自然環境，當然更重要的也是因為錢不夠，所以無怪區這片並沒有大興土木，只是簡單建了幾個休息點與酒樓之類的設施；還有光推平沒建設的部分，這是準備賣給其他來投資的玩家商戶。

水果樂園的成員們甩著膀子到處溜達，有帶了女朋友悠閒散步調情的，也有三五成群隨便揀塊空地架火堆弄海鮮燒烤的。所有人看了彼岸毒草都很客氣，笑嘻嘻、鬧哄哄的讓副會長也跟著來吃點燒烤。

彼岸毒草一一笑著拒絕了，說還有正事要辦，現在要帶會長去聚居地和龍騰談生意云云。

接下來眾人的反應就能看得出親疏遠近、精英與非精英的區別了。一部分群眾聽完後樂呵呵的跟雲千千也打了一個招呼，接著就不再糾纏，自顧自繼續樂呵；另外少部分群眾則顯得很是茫然，驚訝的指著雲千千：「這就是蜜桃多多？」

「……」雲千千滿頭黑線。自己堂堂一個會長，還是幹過不少大事的會長，手下人居然還有不認識她的，這算怎麼回事？

「公會活動一般是我出面負責調配分工，坐船的時候妳又沒以身作則什麼的，到處蹭人家燒烤點坐下就開吃；天空之城除了建好駐地、迎接精靈城主那次，和當選城主在天上遊行一圈外，妳說說妳還出現在大家面前做過些什麼？」

彼岸毒草好聲好氣的安撫雲千千，解釋有人不認識她的原因，結果說著說著就越來越生氣，到最後成了譴責。

「每次行動都沒有會長的風範，人家別家的會長都是掛著大披風迎風傲立，妳是一頭扎進群眾中，跟著人一窩蜂鬧哄哄的東闖西竄，稍不留神就不見妳人了……現在才三百人，都有不認識妳的，我們在四座主城的新人招收又已經開始兩天了，回頭千多個人，妳這行徑就不怕直接被架空？身為一個會長，妳這舉動行為說句怠忽職守、不負責任都算輕了。莫非把我拐來就是專門做苦力的？太過分了妳啊BalaBalaBala……」

「……」確實太過分了，自己剛剛接收完一度打擊，回頭還要再接受二度指責，這真是太過分了。

雲千千生悶氣，覺得自己有必要開兩場大會什麼的了。她講些什麼不重要，關鍵是混個臉熟……地方官員不都這麼幹嗎？成天開會上電視，屁實事不幹，最重要的是要和小明星們搶曝光率……

終於磨蹭回駐地，雲千千一路孫子模樣，聽化身怨婦的彼岸毒草教育。

這是得力大將啊，往後公會有什麼事還得靠人支應，要是真把人惹急了的話，那不是給了他現成理由，讓人重回唯我獨尊懷抱嗎？

到了新修的議事廳坐好，雲千千鬆一口氣，終於有正當理由趕人了：「快去聯繫龍騰，早點談完早點了。」

彼岸毒草白她一眼，說道：「有通訊器的，大姐，妳不會自己私聊他？」

「……」也是，被教訓忘了……

龍騰也是個典型的甩手掌櫃，他只要一灑錢，多的是人衝鋒陷陣、做牛做馬。雲千千這邊通訊器一刷，幾句說完之後，龍騰很快就透過傳送點刷了過來，直接到議事廳找人。

「龍騰大哥。」雲千千歡喜的衝下去握手：「好久不見了，怎麼樣，這次島嶼占領得很爽吧？總不會再說我騙你了？」

龍騰哼了聲，臉色倒是和緩很多：「妳做生意倒是講信譽。」

他認為以前上當只是因為自己沒多留個心眼，不能說人家耍詐，於是這次占領駐地並升級如此順利，自然也是因為自己越發睿智成熟的關係。

「上次來看你們這裡還覺得弄得差不多了，怎麼這次來了還是老樣子？」龍騰嫌棄的撇撇嘴，當仁不讓的拖了個凳子過來，和主位上的雲千千平起平坐，一副促膝談心的架式。「如果錢不夠儘管說，我可以借妳一點兒。或者拿其他任務換也行啊。」

「現在這樣也差不多了，關鍵是現在重點在天空之城那邊。」雲千千笑咪咪的反問：「不知道你那邊打算怎麼發展島嶼？」

「發展什麼啊，直接圈起來做練級區。」龍騰倒是豪爽：「我不差那點錢，等會裡人都練起來了，那片地方也沒什麼經驗了，之後再圈地建設。」

「……」雲千千吐血：「要等到那時候，大家可就不稀罕這種小島了。先機就等於商機，龍騰哥不是糊塗人吧……」魂淡，如果龍騰那邊不動彈，自己這裡巴巴的先投錢進去，回頭不等於是白便宜了這小子嗎？

「我不急。」龍騰笑道。

雲千千一上火，差點都衝口說出「我急」來了。細細一看龍騰的樣子，雲千千有點明白了，這位像是猜出自己借勢的計畫，專門在這等著她了。

反應過來之後，雲千千也不急了，笑咪咪的點頭：「龍騰哥看來是不打算發展了？」

龍騰得意的點頭：「沒錯。」

「那真是可惜。」雲千千搖搖頭站起身。「既然如此就算了吧，小草，送客。」她說完率先走出議事廳，把驚愕的龍騰及其身後帶來的幾個正在得意的手下都晾在了原地。

送走龍騰後，彼岸毒草笑呵呵的走了出來：「妳又想出什麼壞主意了？」

「沒啊。」雲千千摸摸鼻子，覺得自己太無辜。

「少唬我了，妳要是沒點什麼後手的話，哪會這麼胸有成竹的把人趕走？」彼岸毒草一副我根本不相信的樣子鄙視對方。「不過剛才龍騰那變臉確實看得人挺爽的，料想他肯定妳會示弱，沒想到結果妳留了一手，他還是被反擺一道……說吧，接下來我們要做什麼？」

「該做什麼做什麼。」

「……」彼岸毒草的笑容終於有些僵硬了：「什麼意思？」

雲千千嘆氣道：「意思就是我根本沒後手……或者你可以把這理解成空城計。」

「空……」彼岸毒草吐口小血，擦把冷汗，難以置信的問道：「妳騙他？」

「我總不能真哭著喊著跟他借錢，或者跪求他發展駐地吧？」雲千千白了彼岸毒草一眼，看看這個答案顯然不能令對方滿意，彼岸毒草依舊一副心驚氣鬱的樣子，於是她耐心解釋：「這樣子最好，我們多少還能掌握點先機……比如說你吧，你在剛才看到我的反應之後，反射性的第一個念頭不也是認為我肯定又是想陰龍騰了嗎？」

「是這樣沒錯，可是……」

「對於龍騰這個已經被我陰過許多次的人來說，他的這個念頭肯定更為強烈。所謂一朝被蛇咬，十年怕草繩……等著吧，他回去以後肯定會翻來覆去把剛才的對話在腦子裡過個好幾遍。而不管怎麼想，他只會越來越主觀的認為這其中肯定有詐……」

「呃……」

「談判最主要的，是你究竟處於什麼樣的位置上。」雲千千笑道：「今天是他主動，可今天之後，主動的就是我們了。」

027 東海祕窟

雲千千並沒想好要怎麼讓龍騰乖乖吐錢。但是她知道，天下何處無肥羊……就算龍騰真的聰明到沒上當，後面還有隻銘心刻骨在羊圈裡咩咩待宰。就算銘心刻骨不出頭，還有羊甲、羊乙……

不就是找開發商嗎？這世界上什麼時候缺少過玩風險投資的傢伙了。

所以雲千千一點不著急，一點不上火，她還真就沒什麼好上火的。

比起龍騰和孤島發展來說，雲千千現在比較好奇的是另外一個問題——都過了一天了，銘心刻骨這回怎麼這麼沉得住氣？

抱走人家的擂臺勝利後，雲千千第一時間來島上，多少也帶點避風頭的意思在裡面。

帶人去申請比武招親，把其名字傳揚得天下皆知，接著等一週後再順手把擂主拿下，最可氣的是自己還是個已婚……這要說不是調戲都沒人信。就連雲千千自己都覺得，銘心刻骨這次要恨她的話，絕對是理直氣壯，連她自己都沒話好說。

可是人家偏偏就沉默不語，沒簡訊、沒責問，什麼都沒，像人間蒸發。雲千千都懷疑是不是系統提示出了故障，要不就是銘心刻骨剛好感冒造成耳塞，沒聽到這則消息？

忍住好奇心又強捱了一天，雲千千終於忍不住傳去消息，很有禮貌的詢問對方是否已用餐。

再然後，從銘心刻骨簡單有力的一聲「哼」回覆來判斷，雲千千認為對方已經知道自己擂主被她拿下的消息。

「其實這中間有個美麗的誤會……」雲千千試圖和銘心刻骨解釋並講一番道理。

「呸！妳就要我吧？」銘心刻骨忿忿然。

「……看你這反應好像有點不對啊。你現在這麼生氣，究竟是因為被我算計去比武招親覺得丟臉，還是因為比武招親最後擂主是我讓你感覺失望？」

「有什麼區別？」

「當然有，前者代表你記仇，過了一個多星期還磨磨蹭蹭的逮著前事不放；後者則代表你有某些鬆動，已經開始隱隱期盼有個蓋世美女，身穿黃金……式、腳踩七色祥雲來嫁你，可惜最後被我橫刀破壞，所以才怒不可遏……」

「……」銘心刻骨深覺這話強詞奪理，但仔細想一想，他還真是有點期待。被離騷人的背叛傷過之後，現在的銘心刻骨分外渴望溫暖。他想有個家，一個不需要胸太大的女孩……吼！死桃子，為什麼他好不容易掙扎著做好了接受現實的準備，對方卻又會那麼及時的出現在最後十分鐘，撈走擂主的資格？

銘心刻骨黯然傷嘆：「拜託妳以後就放我自生自滅吧，算我求妳了姐姐。」

「嘿嘿，其實那真是誤會。」雲千千一聽也不好意思了，摸摸頭，尷尬的說道：「你放心，除了比武招親外還有其他節目。我們一個個去試，我保證一定幫你找到另一半。」

「不必了。」這必須得嚴肅拒絕。一個比武招親已經把自己推上報紙頭條，再多來幾次的話，料想全創世紀人民都得知道這裡有個沒人要的杯具叫銘心刻骨……

閒扯幾句後，雲千千終於心安。起碼銘心刻骨還有心情繼續和自己閒聊，這就代表對方並沒有低落到太過分，依然有承受打擊的潛力。

放下銘心刻骨那邊的通訊，這邊正好有支有男有女的水果樂園小隊笑嘻嘻的攜手來找雲千千：「會長。」

「什麼事？」雲千千警惕問道。

喊得那麼甜，肯定是有麻煩事。再從目前島上水果樂園都是隱藏種族可以判斷出來，這一支隱藏種族小隊都搞不定的麻煩事肯定是大事，最少不死也去半條命的那種。

「是這樣子滴。」隊伍裡一個娃娃臉女孩跳出來，甜甜說明：「我們昨天在海底發現一個結界，觸碰後自動接到了一個探索任務。這任務僅限一支小隊的成員進入，我們這裡實力恐怕有些不夠，所以……」

「結界探索？」雲千千想了想，小心翼翼的問道：「那個結界是不是叫東海秘窟？」

「哇！會長好好聰明耶！」娃娃臉女孩星星眼崇拜看雲千千。

雲千千一口小血吐出，苦口婆心勸道：「小姐，那地方小怪倒不是很麻煩，關鍵是一進去就深陷迷宮，死了都只能原地復活……到時候反正我是可以用結婚戒指傳送出來，你們找不到路可就麻煩了。」

「哦。」娃娃臉女孩嚴肅點頭，握爪堅定道：「我們不怕。」

「……」主要是我怕……雲千千默然。現在的女孩怎麼一個個膽子都那麼大？

要說做任務也是得有點技巧，遊戲裡走迷宮可不像現實那樣只要有耐心就行，這裡面的道路會隨機變化生成，一不小心就會繞死在裡面。這類憑運氣的事情實在是太耗費時間精力了，萬一自己十天半月的都耗在裡面，等以後出來搞不好已經物是人非，九夜的孩子都會買醬油了……

什麼，你說發現不對勁就傳送出來？雲千千以前害人是因為知道人死了也不過是掛個一次，可把一隊活生生、硬朗朗的玩家都丟迷宮裡讓人自生自滅，一個不小心大家一起老死在裡面……這種事情太缺德，還容易替人、替自己造成心理陰影，即使雲千千也做不出來。

「會長去嘛～」娃娃臉女孩上前來撒嬌。

雲千千很冷靜的把胳膊上的肉爪扒開。「美人計對我是沒用滴。而且你們太不專業，真有誠意使美人計，好說也上個美男啊，難道不知道同性相斥？」

小隊四人面面相覷。娃娃臉女孩笑嘻嘻、蹦蹦跳跳的回隊伍。

另一個有點小帥的陽光小哥尷尬乾咳一聲，臉紅紅的站出來。「會長……」

剛說完兩字，雲千千笑了：「想必你也知道我老公是九夜？」

「……」

這什麼意思？是想用九夜的外貌來讓他自慚形穢？還是想用九夜的實力來威脅他，敢送其綠帽者必死無疑？

小帥哥扭頭淚奔，為自己不能完成小隊諸人的殷切託付而深感慚愧。

娃娃臉女孩帶動其他人聚頭嘀咕了一陣，扭頭怯怯的看著雲千千。「一小時20金，戰利品實行一比一比一比一比一分配製，妳優先選擇？」

雲千千頓時態度一轉，瞪眼道：「說這多見外，大家怎麼說也是同一個公會的，我幹了！」

「……」

「對了，你們是不是先付個十小時的訂金？」雖然她有點不好意思，但是親兄弟、明算帳……

「……」

東海秘窟是打寶聖地。

當然，這個概念要在高級煉器師出現，製作出能在迷宮中使用的引路羅盤後才成立。

東海秘窟一進去後就會先碰到一個 NPC 商人，其商品中除紅藍雙藥外，就只有按價格從高到低出售的金、銀、銅三種鑰匙。在秘窟中，每一條迷宮道路隨機走到一片小空地時，都能看到一個寶箱。箱外有一圈十隻精英遠程小怪駐守，不巡邏、不走位，滿滿的監守控制著那整片空地的仇恨區。

只要有玩家踏入，第一時間就能吸引到十隻小怪的全部仇恨。十隻精英一起衝玩家吐口水、丟垃圾，秒人不要太簡單。

殺死小怪後當然就可以打開寶箱了，但是這裡還有一點，不是每個寶箱裡都有好東西。金箱子開出紅藥或金幣也不是不可能的事情，關鍵是要拚運氣……

空間袋始終是有限的，其中要保證盡量充足的藥品和食物，還要保證盡量多的裝滿金鑰匙，這其中就有個取捨的問題……最麻煩的是把鑰匙都用完後，還要盡量在最短的時間內重新走回結界出入口，不然彈盡糧絕會死得很淒慘。

雲千千覺得這種時候其實應該要找九夜來才對。第一，那傢伙運氣很好，開出極品的機率是自己的數倍。第二，反正其本身也是一個路痴，在迷宮裡亂走一通說不定還能負負得正……

娃娃臉女孩把手按在結界上，雖然滿眼期待雀躍，但還是掩藏不了一絲緊張，吸口氣：「我開結界了哦。」

「開吧開吧。」早死早超生。雲千千一路游到這裡已經是做好心理準備了，現在只盼事情早些結束，效率完成任務。

「真的開了哦。」娃娃臉女孩又確認一次。

雲千千挽起袖子，說道：「妳要不敢開，要不換我來？」

「……算了，還是我來吧。」手掌一按，半透明的結界頓時一陣顫抖，小隊眾人眼前扭曲開了一個圓形的小黑洞，娃娃臉女孩帶頭游進去，後面幾人魚貫跟入。

一進結界，眾人只見眼前一花，彷彿有一道黑影飛速溜走。雲千千眼明手快的開了魅影衝出去把人抓住拎回來，一看頓時驚訝道：「怎麼又是你們？」

「大姐，怎麼到哪都能看見妳啊。」被抓的人……或者說魚人，對方抱著一個小包裹，一副想哭的樣子啜泣哽咽：「我只是來幫忙代個班的，要不然妳裝作沒瞧見我，等我朋友回來了你們再買東西繼續前進？」

「看來我和魚人族的緣分不淺啊。」雲千千感慨，想了想忍不住樂了：「其實我出現在這也不難理解，畢竟這裡有那麼大一個結界嘛……難道你不知道我新到手的島嶼剛好就在附近？」

「要知道我就不來了。」魚人想哭啊。

亞特蘭提斯的魚人族們哪個不知道雲千千的厲害，有嚴厲一點的魚人媽媽們還經常拿蜜桃多多這個名字來嚇唬不聽話的小孩……

「你再不吃飯就讓蜜桃多多把你賣了！」

「又出去亂跑？難道你就不怕遇到蜜桃多多？」

「你這孩子……早晚有一天會被蜜桃多多抓走的。」

「別這樣喪氣嘛……」雲千千順口安慰，說完突然眼睛一亮：「既然你在這裡代班，是不是同時代表你能提供些在迷宮不迷路的法子呀？」

「不能不能，這裡我也游不通。」魚人慌忙否認：「我朋友告訴過我，只能在周邊活動，一旦進入長有珊瑚的地方，迷宮就會把我吞噬。」

「放屁！你剛才明明想逃跑，不進入有珊瑚的地方你能逃到哪裡去？以為姐姐我近視？」

「這個……」

小隊其他成員窸窸窣窣，知道雲千千是個習慣打劫 NPC 的人，所以看到眼前情景倒是沒太意外，笑嘻嘻的很有耐心等在旁邊。

「……」魚人沉默許久，終於小聲道：「金色珊瑚的路口往右……」

「多謝多謝。」雲千千大喜過望，喊人：「來人，買好鑰匙、藥品，準備出發了。」

空間袋是有限的，可以攜帶的鑰匙數量也是有限的，銀箱子、銅箱子統統無視，要開就開最好的。

雲千千抬起法杖喊道：「天雷地網……」馬的，這是第幾個箱子了？

剛才這麼一路游來，共遇銀箱子四個，銅箱子十二個，金箱子到現在連邊都沒摸到一下。為了保證最大利潤，小隊五人的包包裡都只買了金鑰匙放著，前面的路程自然只能殺殺精英小怪……可氣的是，這些小怪守的箱子是半埋土裡的，不殺完撥開土查看根本不知道是什麼材質，想有選擇性避戰都不敢。

再更可氣的是，這些箱子那麼爛，守護小怪實力倒是沒見打半分折扣，吐口水、砸暗器、飛水箭一樣不落，每回打出的損血傷害看著都讓人怵目驚心。要不是娃娃臉女孩血厚防高的話，小隊說不定早滅了好幾次了。

娃娃臉女孩真人不露相，雲千千原本以為這麼嬌小的女孩子應該是治療系或法系，再不然召喚系也有可能，結果人家看著柔柔弱弱，一出手卻是轟轟烈烈……剽悍的戰系啊！還是狂戰士啊！就不知道狂化後那36B的凶器會不會變肌肉？

小蘿莉嗑藥頂怪堵槍眼去了，雲千千翻手雷、覆手還雷，招招聲勢浩大，再加尚旁邊另外幾人配合，小隊非常熟練的第十七次將精英小怪拿下。

不甚熱情的慢慢走過去蹲下，撥開寶箱上覆蓋的浮土，一片金光差點閃瞎眾人雙眼……靠！打那麼久終於出來一個金箱子了！

028

小心陷阱

雖然是金箱子，但雲千千手氣不好，一鼓作氣開了一組紅光光、豔燦燦的強效補血大禮包出來。

還好小隊裡的人包括雲千千自己都沒太在意這次首開不利。幾十把鑰匙開出一部分垃圾其實不是什麼不能接受的事情，這種拚運氣、拚機率的事情本來就沒準，若要求人次次都能鴻運當頭太不現實了，再說誰叫雲千千現在是主戰力。

繼續游泳迷走中，一路打出金、銀、銅箱無數，五人輪流上去試手，有欣喜、有失落……欣喜當然是開出了好東西的時候；失落更好理解，在富麗堂皇的金箱子裡出現類似藥品、金幣一類物品時，小隊眾人都會倍感失落。

一般發生後一種情況時，雲千千都會惆悵著在挖出垃圾的地方讓隊伍裡一個陷阱師埋下陷阱，然後堆一上土堆，插上木牌以慰悼自己受傷的心靈。

又是一個金箱子，又輪到雲千千開啟。她撅著屁股把鑰匙插進鎖眼，倒數計時開始數秒。就在這時，另一端的路口處慢慢走來一隊人。

「好熟悉的身影。」雲千千數著秒，抽空看過去一眼。

「會長認識？」

「大概吧……看這拉風的姿勢，看這前呼後擁的走路架式……我認識的人裡有這麼騷包的人還真不多。」

「這麼一說的話……」娃娃臉女孩抓耳撓腮想了半天終於想到了：「哇！肯定是龍騰。附近除了我們水果樂園就只有他們了。」

「……」恭喜妳終於猜出來了……雲千千黯然，深為水果樂園成員的整體智力水準感到不樂觀。

等那隊人從視線不好的深處走出來，輪廓慢慢清晰之後，果然正是龍騰帶領著的一隊人……香蕉的，真是冤家路窄。

龍騰遠遠就發現前方路口有五人站著，因為每個結界入口處只能進來一隊人的關係，所以他也大概猜到這肯定是水果樂園的人了。畢竟這一片茫茫大海中，離自己駐地最近的也就只有這群人。不可能出現第三種可能性。

可是他萬萬沒有想到的是，等走近一看，卻發現自己最不願見到的蜜桃多多也在其中，而且看這樣子好像正在開寶箱……

「龍騰哥。」雲千千很友好的打招呼，倒數計時數秒還沒結束，於是蹲在原地沒動。

「……」趁這機會動手？還是交談一番？龍騰在猶豫，看看對方那邊另外四個人都嚴陣以待，終於還是忍了下來，扯扯嘴角：「真巧。」

「是啊，你也來挖箱子？」

「是……不是。」龍騰又在猶豫。

雲千千疑惑道：「到底是還是不是？」

一咬牙，龍騰狠狠心坦白：「我們是在這裡做任務的。」他說完，期待的看著雲千千。

「哦，那你們忙。」雲千千轉回頭繼續關注自己手上的倒數條。

龍騰身後隊伍中討論紛紛。馬仔甲進言：「老大，怎麼可以把任務告訴她？趁這小人還沒想到要搶我們任務趕緊閃，免得一會沾上就丟不開手了。」

「是啊是啊。」

「時間寶貴，老大，閃吧。」

龍騰被吵得心煩，咬牙在隊伍裡低喝：「閉嘴！我當然知道時間寶貴……這迷宮一直走不通，任務NPC也沒找到。現在只有這個水果的卑鄙能幫上我們，不然你們有其他把握完成任務？」

小隊中的另外幾人面面相覷一下，終於噤聲。

龍騰想了想又上前一點，看著根本沒興趣搭理自己的雲千千問道：「妳不好奇我接的什麼任務？」

「反正又不是我的任務。難道說你想邀請我一起去……哇──」

居然開出建幫令耶！難道今天自己遇上了傳說中的好運爆發？還是說她和龍騰的八字很合？雲千千捏著剛從箱子裡摸出來的建幫令欣喜若狂。

草泥馬，老天無眼……龍騰忍不住好奇跟著探頭看了眼，結果頓時吐血。這年頭壞人都沒有壞報，他再也不相信公道了。

雲千千帶著的隊伍是來挖寶的，龍騰率領的隊伍則是來做任務的。雖然目的不一樣，但結果都是一樣，在迷宮中探索前進。

本著人多力量大的原則，雲千千不介意和對方的隊伍組團。反正對方那邊鑰匙已經用完了，就算再遇到箱子他們也開不了，自己隊伍還能多五個免費打手。

把隊伍組在一起後，龍騰大概替雲千千等人介紹了一下自己手頭上的任務。

攻打領土時，除了清地圖、推BOSS以外，還有一定機率在占領新大陸後接到隱藏任務。龍騰九霄就是在圈地建聚居地時，從海邊撿到了一個漂流許願瓶。漂流人是魚人公主，她許願希望自己能長出一雙腳來，好上岸去找自己心愛的王子。

地球人都知道，很久很久以前，曾經有個叫安徒生的當紅寫手寫過一部童話集，據說銷量還不錯，其中最富有代表性的一個故事就叫做《人魚公主》。龍騰的人一接到許願瓶後，第一反應就是想起了這個童話，連忙興致勃勃的把瓶子上交給老大，召集人手接任務。

魚人公主藏在迷宮中，龍騰帶隊進來後已經找了整整一天。因為這第一環節只是尋人任務，所以準備時並沒怎麼重視，沒想到這迷宮水太深，進來之後居然是有進無出。他們找不到人也就算了，一天的消耗後，糧食、藥品減下不少，居然還連路都沒摸清楚，回城導航石等道具也不能使用，於是龍騰小隊終於火大了。他們像沒頭蒼蠅似的亂轉，直到終於撞上了雲千千等人……

「小魚人啊……」雲千千摸摸下巴，突然想到自己等人在結界入口看見過的那隻，有點明白對方為什麼會出現在這了。「難道那傢伙是護送自己族公主過來發任務的？怪不得代班幫人賣東西呢。」

「妳有線索？」龍騰大喜過望。

「好像有點。」雲千千點點頭：「不過也不是很能確定。」

龍騰緊張問道：「那能不能帶我們去看看？」

「不急。我們身上的鑰匙還有幾十把沒用呢。」

問題是我急！

龍騰生氣了，偏偏又不能催促雲千千。首先人家和自己組團本來就是出於順便的心態，兩支隊伍是有利則聚、無利則散，又不是被自己僱來的手下，那人憑什麼這麼合作？

再其次，頭一天水果樂園找自己商量研究兩處島嶼的開發計畫時，自己才剛剛為了出氣把人家擺了一道。雖然他後來又被人家擺回來了，但矛盾已結，現在只能勉強算相安無事，友好都說不上。老實說，現在蜜桃多多沒翻臉他都已經覺得很滿足了，想讓人賣自己一個面子更是難上加難。

最後也是最重要的一點，深陷迷宮中一整天的龍騰等人已經知道這裡的情況，有進無出，道路隨機變化……就算人家肯幫忙，料想也是沒法帶路。要是再來個非暴力不合作態度的話，別最後所有人都不小心賠在這裡……

「你也別生氣。」雲千千還是比較會看臉色的，一見龍騰那咬牙切齒的樣子連忙安慰了一下：「我們只是在結界入口那裡碰上隻魚人罷了，估計和你的任務有點關係，但他是公的……魚人公主肯定還在迷宮內部。如果實在是找不到的話，到時候我們再去揪那小子來問問情況。」

龍騰甚感欣慰，鬆了一口氣：「那就好。」

「嗯，你儘管相信我……咦，怎麼又走回來了？」

有人。

魚人公主游動在迷宮中，突然發現有動靜，連忙謹慎的躲在珊瑚群後小心觀察……在冒險者前，魚人公主一般是很少露面的。不僅是因為人家怕羞，更因為自己老爹早有過交代，說外面人都不大友好，愛殺魚撿裝備。

雖然說有過拯救落海小王子的前科，但那主要也是因為小王子太帥；再說對方反正不會游泳，當時已經溺暈過去了，是生是死全憑魚人公主，壓力自然也就少了許多。換成現在遇到一支玩家大隊的情況時，魚人公主還是有點怯場。

魚人公主躲好沒多久後，冒險者們就慢慢游近了。魚人公主從珊瑚群的縫隙中悄悄往外一看，那群人中最前面游著的正好是一男一女。男的俊朗、女的……呃，還好吧，不是很匹配的樣子，但是看上去男的倒是挺照顧女的，後者說什麼都點頭同意，好像格外體貼。魚人公主各種羨慕。

在這兩人帶頭下，一行人來到空地處，女的驚「咦」一聲：「怎麼又走回來了？」

男的忙問道：「這條路妳走過？」

「嗯。」女的指點空地處一插上木牌的土堆處。「看那牌子就我立的。」

「……」男人沉默，一陣扭曲後咬牙：「那就走吧。」對女子格外獨特之喜好品味，他已經無力發表評價。

「嗯。」女子點頭。

一男一女又帶領隊伍游開。

魚人公主等人都離開後才鬆口氣，游出來繞著土堆上的木牌轉了一圈，突然發現木牌上有字，忍不住好奇的游近些，唸道：「小心陷阱……啊——」

029 魚人公主

雲千千突然停下前進，狐疑的看身邊龍騰，問道：「你剛有沒有聽到『啊』……的一聲？」

「嗯，好像是個女的？」龍騰當然也聽到了，皺眉遲疑著補充了一句。

說完，一男一女面面相覷，同時從彼此眼中看到驚訝的眼神……這鬼地方居然還有第三支隊伍？

緊接著，剛離開空地的十人二話不說的轟隆隆又掉頭殺了回來，一眼就見到一隻蘿莉小魚人正在拚命從陷阱中想拔出自己的尾巴。

「這肯定是魚人公主了。」雲千千嚴肅恭喜龍騰：「恭喜踩中巨大狗屎，這樣都能被你碰到。」

龍騰白了雲千千一眼，滿頭黑線的走過去問蘿莉小魚人：「公主？平民？」

「公主啦，你瞎了狗眼，看不到我頭上的王冠嗎？」魚人公主怒氣沖沖的扶了扶頭上歪掉的一圈海藻頭箍，一手摟著尾巴，另一手指著龍騰鼻子罵道。

「……不好意思，可能我眼睛不好……我還真沒看出它哪裡像王冠了。」龍騰臉色一陣青一陣白，半晌後才皮笑肉不笑的冷聲嘲諷道。

雲千千很歡樂的蹲在一邊看戲，反正這個任務與自己無關，熱鬧不看白不看。

「我……」王冠早被魚人公主一陣瘋跑不知道丟哪裡去了，這會當然是沒有。不過她覺得有海藻頭箍也差不到哪裡去，這就是一個象徵身分的東西，關鍵不是看腦袋上戴的是什麼，而是得看誰來戴。皇帝就是拿一個蘿蔔蓋章，人家也得承認那是玉璽……

所以魚人公主堅定認為這不是自己的錯，而是龍騰太不識貨：「廢話少說！反正我就是公主，現在你總知道了吧。」

「是是，妳公主，妳全家都公主。」龍騰白眼了對方一眼，懶得和一根毛都沒長齊的小丫頭片子計較，更別說這還只是個 NPC。

旁邊站的人看這時間磨得有點著急了，忍不住插嘴說道：「老大……現在關鍵是不是把她從陷阱裡先拔出來？」……

魚人公主是魚人族國王的女兒，不過這個女兒和其他的女兒不同。在雲千千前往亞特蘭提斯以前，魚人族的住民們生活得一成不變、毫無激情，因為習慣成自然的關係，倒也沒有人覺得這樣的生活有什麼不對。

但是最小的魚人公主出世以後，魚人族國王犯了過錯，那時因為和夜叉族的敵對關係，以致他無法分心親自教養這個最小的女兒，只好把她寄託給自己在海底認識的一個巫婆朋友。

不巧的是，那巫婆又是個八卦的性格，最喜歡到處搜集花邊新聞和傳說神話一類的故事。小魚人公主在她的教養下，自然也就對陸地上的一切產生了濃厚的興趣，尤其是對肥皂狗血劇異常熱衷……其實說起來也正常，一般花樣年華的女孩對這類型題材都熱衷……而巫婆也不怎麼拘束她，只要沒有生命危險，小魚人公主想去哪裡都可以隨意。

於是小魚人公主就天天浮上海岸，去岸邊偷窺人類國家……再於是大家都知道，不管是哪個國家、哪種人種心中，十大最熱門偷情地點的排行裡，海灘排名從來沒下過前十……

就這樣，等到魚人和夜叉兩族的事情終於告一段落，小魚人公主被接回亞特蘭提斯後，魚人族國王就無比悲痛的發現，這最小的閨女性情已經長歪了……

儘管很不滿，魚人族國王也不能抱怨些什麼，畢竟人家幫自己照顧了孩子十幾年。這就好比一家家長要出門辦事，把自己孩子放在鄰居家拜託照顧幾天。等家長回家發現孩子好吃好喝好睡、紅光滿面，就是愛罵一點小髒話，你能跑人家鄰居那罵人家沒教養嗎？

「……再於是，就是一個國王想關，一個公主想跑……這屬於青春期對異性的懵懂以及管教不適當引起的叛逆之典型案例。」雲千千一邊聽故事一邊在旁邊偷偷幫著下總結。

龍騰的嘴角抽了抽：「看來妳深有體會？」

「說得好像誰沒年輕過似的。」雲千千白了他一眼，繼而慨然嘆息一聲，雙手交握在胸前，一副夢幻狀：「我也曾經有過美好的初戀啊……」

咦，這個題材倒是新鮮……龍騰眼睛一亮，十分之感興趣：「那是什麼情況？」

倒不是他和雲千千的關係已經好到了可以交談討論這種隱私的地步，主要是龍騰實在沒法想像如蜜桃多多此類人種的初戀會是一個什麼情景。

事實上，龍騰甚至一直認為，相對於自己這樣的普通人而言，雲千千就是一個外星異形生命體般的存在。除了長得比較像正常人以外，從思維到性格，她身上就再沒有一處比較正常的地方。

「那是小學六年級的時候了……」雲千千也不介意分享，很懷念的講述自己曾經的故事：「那時候我每天的零用錢只有十元，隔壁班有個有錢的胖子每天零用錢一百元。所以我一沒錢的時候就愛去找他，小胖子既憨厚又單純，被敲也不多話，是多好的一個男朋友人選啊……」

「……我覺得妳這不是初戀。」龍騰及其周圍一干人等一起滿頭黑線。

「那你說是什麼？」雲千千不滿的哼了哼。

龍騰不客氣道：「這只能說明妳從小就懂得追尋有錢人了」

「……天雷地……」

「大姐，別衝動！」

水果樂園四人衝上來，抱胳膊、抱腰、捂嘴，一連串動作自然流暢，淚流滿面的壓制住衝動想要行凶的女孩。

「大家隨便說著玩的，我們先做任務好不好？」

彼岸毒草早透露過水果樂園公會最好能和龍騰交好的口風。雖然雲千千沒把這事情放心上，但會裡的其他成員都知道，在兩個島嶼相隔只有不到一天航程的情況下，能保持交好是對雙方發展都有利的一件事情。更別說在魚人公主講故事之前，龍騰還把魚人公主的任務共用到了他們隊伍裡，單是為了任務獎勵也得忍耐下來才行啊……

魚人公主這時已經敘述完了自己最後一次偷渡上海面，並且救下一座島嶼的某王子，從此情根深種，對該王子念念不忘，於是想獲得一雙腿好上岸去和王子雙宿雙棲的故事。

長舒完一口氣後，她大眼睛中含著感動的淚花，期待的看向龍騰等眾人：「勇士們……你們一定會幫我這個忙的對嗎？」

幫！怎麼能不幫？他們來這就是為任務的，不然誰有耐心聽一個小女孩炫耀她的情感心路啊。

自從聽了雲千千的初戀故事之後，頓時所有人都對小女孩的心事沒了興趣。未成年的心事你別猜，跟著任務流程走就是了，要是妄圖弄懂她們思考的話，只會把自己先攪和成腦殘……

拍板接下任務，龍騰一行人開始跟著魚人公主後面找尋出口。雲千千這邊也無所謂的跟在後面。鑰匙這次用不完下次還能來，這副本又不會關，再說又有了認路的方法，逛這裡就跟逛自己家後花園似的。

一行人七拐八繞的回到結界入口。

賣商品的魚人還沒換班，一見自家公主出來先是一喜，再看到雲千千也跟在後面，頓時一驚：「蜜桃多多大人，您怎麼也跟公主在一起？」

「接了個任務。」雲千千笑嘻嘻、很友好的跟魚人打招呼。

魚人頓時陷入想死的糾結中。這個情況該不該跟國王報告一下呢？雖然說公主的行為很不好，國王有意讓她自己折騰受個教訓，但如果蜜桃多多也在的話，這懲罰未免也太重了吧？

「魚甲，你回去吧，不要讓父王知道我已經逃出來了……我這邊有這十位勇士，你就等著為我祝福吧。」魚人公主顯然不知道自己招惹上的是誰，對未來正充滿了信心，紅著眼眶對結界口的魚人告別。

「公主……您、您要多加小心啊。」魚甲的眼眶也紅了，他覺得自己這可能是最後一次和自己族小公主的見面了……從此之後就是生死兩隔、黃泉絕路……嗚嗚嗚……公主您真可憐，迷宮這麼大，怎麼您偏偏就碰上她了呢……

「你不要擔心，有這麼多勇士跟著我並幫助我，我相信自己一定能平安見到王子，過上幸福美滿的生活的。」魚人公主堅定握拳。

「嗚嗚嗚……」我擔心的正是有那個人跟著您啊……

拋棄結界中眼含絕望、不捨的拚命灑淚揮手的魚甲，魚人公主和雲千千、龍騰一行人終於出了結界。

「接下來我們要去找撫養我的那個巫婆。」魚人公主道：「她有一種魔藥可以把魚尾變成人類的雙腿。可是到她那裡要游很遠很遠，路上可能還會有不少的海怪阻攔……你們得幫我。」

「等我發個訊息先請假。」雲千千手忙腳亂的抓著通訊器跟彼岸毒草請假，說明自己又要暫時閉關一段時間的事情。

「什麼時候出發!?我早上起來還沒刷牙洗臉吃飯就忙著過來找路了……家裡的管家一直在按外叫鈴……」龍騰尷尬的輕咳一聲，也微微有些臉紅。

「還有我，我我我！」

有兩個老大帶頭，下面人頓時嘰嘰喳喳紛紛舉手……

★

030 誰黑了誰

一切準備工作做好後，雲千千等人終於跟著魚人公主直殺深海，尋找無證、無執照、經營黑心非法藥品加工點的違法藥劑師，也就是魚人公主的乾媽……巫婆。

巫婆的黑心是有考證的。首先第一點，她研究的屬於禁藥。對種族生物體有不可逆轉傷害及改變的，都可以屬於禁藥的範疇。

巫婆把魚人公主的魚尾變成了雙腿，這就是一種極其惡劣的、不尊重自然生命的行為。雖然是公主自己要求的，但是因為其年紀過小的關係，不具備成熟和正確的人生觀、社會觀、價值觀……所以在沒有取得其監護人同意的前提下，巫婆擅自做出此類事件已經屬於嚴重的違法。

比如說現實裡有個十歲小女孩跑去醫院說她要捐獻器官，沒家長同意，醫院敢要她簽字嗎？再是好事也不能這麼做，敢讓她簽名就敢把你抓起來。而其次，巫婆的藥還屬於未完成品，沒在其他生物體，如小白鼠身上使用過，就直接拿智慧生物做實驗，這也是極度犯罪的行為。比如說魚人公主變身後，每走一步都如走在刀子上般的疼痛，這就是典型的後遺症。

最後最令人髮指的是，巫婆出售的藥價太黑心……一瓶破藥要拿嗓子來換，這是多麼惡劣的哄抬炒作行為啊！要在現實生活裡都能把她直接拉出去槍斃了。

所以雲千千不喜歡聽童話也是有原因的，換成誰肯定都不願意自己被人當傻子欺騙。雖然聽童話的時候雲千千還小，但已經本能的反抗；等她長大懂事以後再看，更是充滿了批判的眼光……網路上隨便來篇言情文章都不敢寫出這樣的 BUG 啊，這絕對是黑幕，絕對是炒作，安徒生和格林等人絕對是當時某實權主編的親友啊……

果然，費盡千辛萬苦找到巫婆所住的地方後，魚人公主剛把來意講了一遍，該巫婆立刻不顧以前二人共同生活相處了十幾年的情誼，開口即提出要用魚人公主的聲音來換藥……

因為早已經知道該童話故事的展開發展，於是隨同前來的玩家們沒人表示意外，站的站、蹲的蹲，守一邊等人快點交易完，好快點進行下一項工作。

誰知魚人公主沒有立刻答應，卻轉過頭來，星星眼期待的看著眾人。「誰能替我換來魔藥？」

「……如果我沒猜錯的話，妳這個替妳換的意思……該不會是說讓我們其中的某一人代替妳買單，也就是出嗓子吧？」雲千千警惕的看著魚人公主。

「如果我沒有了聲音，那見到王子後該如何表白呢？如果我沒有了聲音，該如何為我的王子歌唱呢？如果我沒有了聲音……好吧，看妳這表情好像是不屑一顧，那我再說個現實點的理由。」魚人公主淡定的看眾人，尤其是雲千千，頓了頓後才開口：「不能說話了妳叫我怎麼繼續發後面的任務？」

「……」好理由。

雲千千一干人等胃疼。

莫非這童話又歪了，不僅巫婆不是什麼好鳥，連魚人公主也不是那麼清純可愛、勇於為愛奉獻……馬的！妳自己釣凱子憑毛讓我們買單啊？

「要不妳寫任務卷軸給我們？」

「我文盲，我自豪。」魚人公主一甩頭，說道：「有身分，就是那麼自信。」

龍騰連忙要雲千千幫這個忙：「其實我覺得幫忙出下聲音也沒什麼，反正妳公會裡一般都是彼岸毒草在主持工作，妳也不怎麼用說話……」

雲千千鄙視道：「叫別人付帳你倒是乾脆，這邊可不是你龍騰九霄的人；再說我好歹也是個有身分的會長。」

「……說不定有隱藏獎勵哦。」

這回雲千千想了想，一會後才轉頭問魚人公主：「幫妳出嗓子有什麼好處？」

「被動技能書一本。」魚人公主刷出一本小冊子。「屬性是隱藏的，等妳拿到手才能知道是什麼技能。」

這個……好像有點冒險……如果出來一個好技能倒是不錯，但要出個雞肋，比如說物理攻擊加成什麼的，自己不就傻眼了……

龍騰看見技能書有點心動了，當然他和雲千千也有著同樣的顧慮，這才忍著沒吭聲，不斷安慰自己……就是一本技能書，沒事的、沒事的，有錢什麼東西收不來啊？回頭自己去拍賣行，想買什麼技能買什麼技能。我收兩本，學一本，丟一本……嗯，丟倉庫裡……

雲千千又踟躕，再過一會，又小心翼翼的問巫婆：「這個得啞多久？」

「一年。」巫婆斬釘截鐵的說道。

所有人頓時刷的一聲齊齊後退，表示了其堅定不願出頭的決心。

「……但是如果中途死亡的話，則狀態清零，也就是說妳死過一次就不用繼續啞了。」巫婆不緊不慢的補充。

雲千千咂咂嘴：「相當於是用死一次的代價推了一個BOSS獲得一本技能書……」這個生意可以做，實在不行的話，等回頭自己弄個替身草人放身上死一回就得了。「行，那我幹了！」

一手交書，一手收藥，雲千千捏著技能冊子，趁著巫婆在箱子裡翻找取聲音的道具時，迅速拍上鑒定

默咒（被動技能）：在沉默使用技能情況下，可忽略咒語延長時間；配合技能名稱使用技能情況下，可縮短吟唱時間 20%，不可升級……

創世紀中釋放技能時，可以喊或不喊出技能名稱，兩種情況下都能使用技能。可是喊的時候，技能會刷得比較快；不喊的話，就會適當延長技能準備時間……

前者適用於大規模高速釋放，後者適用於偷襲陰人扯後腿……默咒在手，這個限制隔閡被取消，甚至還縮短了喊出技能時的吟唱時間……

雲千千很滿意，一拍學之，隨後第一時間把技能板公布出來，得意了一把。

龍騰頓時悔不當初，眼睛都嫉妒綠了……這書可是不好收，沒料想錯的話，也許是任務獨屬技能，專門補償給被毒啞了的任務玩家的……

巫婆終於找到道具，桀桀怪笑著慢慢走過來。「小女孩，該付出妳承諾的代價了……」

雖然已經做好了心理準備，但雲千千還是被這老太婆笑得一身雞皮疙瘩，忍不住摸了摸胳膊。「妳想幹嘛？」

「當然是取妳的聲音。」巫婆很激動。

「憑什麼!?」雲千千尖叫。

「憑……」巫婆滿頭黑線，語塞。她看看捏著藥瓶一臉警惕、看樣子絕對不會還自己東西的魚人公主，再看看防色狼般防範自己的雲千千，一滴大大冷汗從額頭上滴下。「我給了魚人公主她想要的藥，難道妳不該付出妳的聲音?」

「妳給她藥關我毛事?」雲千千怒、大怒。

「這個……她也給了妳技能書……」

「她給我技能書關你毛事?」雲千千勃然狂怒。

「……」巫婆開始覺得有些不對勁了，莫非這女孩想黑吃黑?鎮定一下情緒再整理下思路，巫婆嚴肅表情道：「是因為她先給了妳技能書換妳的聲音，我才給她藥換妳的聲音。」這……怎麼彷彿有點亂?

「那妳跟她要我的聲音去。」雲千千呸了聲，一副我就耍賴了，妳能把我怎麼樣的嘴臉。

巫婆擦擦汗，轉頭為難的看魚人公主。「小公主，妳看這……」

魚人公主也為難，同樣轉頭看雲千千。「蜜桃多多，妳的聲音……」

「老娘不給了。」

「妳黑吃黑?」巫婆終於怒了。

「我吃公主又沒吃妳，關妳毛事?」

「你……」巫婆顫抖手指，瞪著雲千千氣憤半晌，突然板著臉衝公主伸出手去：「交易取消了，請把我的藥還來！」

「憑什麼!?」這回換魚人公主尖叫，死死攥住藥瓶，擺明打死不鬆手。

「因為我沒有拿到她的聲音。」

「妳沒拿到她聲音關我毛事？我給了書，拿了藥，一樣換一樣很公平啊！」未成年的模仿能力是強大的，雖然只是這麼一段短短的時間，但魚人公主顯然已經領略了撒潑耍賴的精髓。

「可是、可是，那我要換的聲音……」巫婆在顫抖，身為一個資深黑商，她從沒想過自己居然也有被人陰到的這麼一天。

「那我不管，我付出代價了，理所當然該有收穫！」魚人公主理直氣壯，舉起藥瓶拔開瓶塞，以迅雷不及掩耳之勢果斷「咕嘟」一口把藥灌下，隨後空瓶子一丟，挺胸叉腰做潑婦狀：「藥我喝了，有本事妳讓老娘拉出來啊！」

龍騰一干人等一起滿頭黑線，從最初的震撼不能言到現在的羞愧掩面……他們實在無法想像事情怎麼會演變到現在這一步的，難道只要是蜜桃多多走過的地方，就沒有一個正常的嗎？

「好、很好……」巫婆咬牙、抽搐、怒極反笑，用她那像是指甲刮在毛玻璃上的嘶啞聲音尖叫：「你們都得給我死！」

「BOSS暴走啦——我先護送公主上岸，龍騰大哥頂住！」雲千千拋下一句後，拉起魚人公主，刺溜一聲游竄逃走。

龍騰等人還沒反應過來，巫婆已經抬手，一片技能揮灑過來。

「草泥馬！」龍騰吐血。

031 童話的結局

龍騰等人到達任務所在島嶼時已經是三個多小時之後了，因為他們得從復活點啟航、坐船……

而這段時間裡，雲千千則率領著水果樂園小分隊在海岸邊上組舉行烤活動，玩得興高采烈、紅光滿面，旁邊有魚人公主陪席蹭吃。

身心皆遭受重創、異常疲憊失落的龍騰帶著人上岸之後，深深的看了雲千千一眼，臉色難看得連生氣的力氣都沒了。他現在只覺得深深的後悔……早知道這人不是什麼好東西，幹嘛約她一起來做任務？自己就是犯賤，太容易相信女人。

「龍騰哥，你看起來臉色不大好？」雲千千捏著一把烤肉鉗子走過來，對剛下船的幾人表示關心。

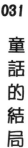

「妳還是不要叫我龍騰哥，以後叫我小龍就行。」龍騰沉著臉，抿了抿脣。

「不要這麼說嘛……看，我們這邊已經安排公主和王子見過面了，那肥羊剛才回去安排車馬，一會就會接我們去城堡了。」雲千千開心的展示任務新進度，順便把龍騰幾人身上的任務更新共用了一下，再感慨：「這一切都是為了效率啊……」

「……」效率妳老母！

不一會後，王子的車駕趕到，把玩家一行人以及魚人公主都接回城堡，安排了房間供眾人休息，再派了侍女來通知晚上有舞會。與此同時，大家的下一步任務也就來了，幫助魚人公主製作一件華美的禮服，讓她能搶到王子的第一支舞……

「我去請高級裁縫來幫她量身訂做。」財大氣粗的龍騰向來不把錢當錢。

「舞會是晚上，現在召裁縫，確定人選，傳送到我們島上再坐船……沒有四、五個小時別想拿下來。到時候再量身、再設計、再裁剪，還得準備材料什麼的……」龍騰身邊帶來的人越算越喪氣：「老大，好像趕不上時間耶……」

「我去剪爛其他參加舞會小姐的禮服。」卑鄙陰險的雲千千向來不把做壞事當作心理負擔。

「會長威武——鼓掌呱唧呱唧……」雲千千身邊帶來的人一個個躍躍欲試，鬥志昂揚。

魚人公主感動點頭道：「蜜桃多多會長，果然還是您靠得住。」

龍騰：「……」

大家果斷分配任務。龍騰帶人把風；雲千千陰人比較在行，熟門熟路的去搞破壞。

王子的城堡中有五間客房裡住著 NPC 貴賓名媛，最大的那間是大家都熟悉的被王子誤認為是救命恩人的鄰國公主，最小的那間則是可憐的魚人公主。

如果這是網路小說，王子能夠三妻四妾的話，毫無疑問公主就是正妻，魚人公主頂多算個小妾。

「我們首先要破壞掉公主的禮服，讓她穿不上或沒臉穿出來，這個我去下手……」雲千千召集自己的班底，緊急分配任務，指了城堡地圖上某一處道：「另外還有三間房，你們隨便分配，看誰動手、誰把風，去把其他候選人的禮服也搞定。一定要記住逮關鍵部位破壞，比如說上面兩點或下面一點……別光剪裙邊、袖肩、吊帶什麼的，電視裡一般只被破壞了這些小部位的禮服，都有 99% 的機率觸發升級成為更奇特風騷的款式。」

「電視裡還說我們這樣子陷害別人的人總會弄巧成拙，最後只能襯托女主角的美麗高貴、大方善良什麼的……」水果樂園裡的娃娃臉女孩回憶了下從小到大看過的狗血劇，突然鬱悶的發現自己好像在扮演反派角色……而且還不是反一號，是反龍套……

「賤者無敵。」雲千千堅定握爪：「相信我！」

水果眾：「……」

龍騰抽籤後，被分配到的任務是替雲千千引走士兵並把風看門。

一座客房、兩排燈盞、被引走看守士兵的直通向客房的寂靜廊道……龍騰如初戀的少女般，心跳如擂。

雖然背叛同伴是不對的，但他從引走士兵的那一剎那就不受克制的在設想著，如果士兵突然回來的話，那個正在客房裡歡樂剪衣服的小人會不會被發現？如果被發現的話，她會不會被抓起來？如果被抓起來的話……

矮油，這樣是不對滴。

龍騰一邊鄙視自己一邊情不自禁的加速，三兩下就把士兵甩掉，悄悄的除去夜行衣又返回了廊道附近，他隱藏在暗處，紅光滿面、興奮顫抖的期待著士兵回來把雲千千堵住的那一情景。

果然不出所料，失去了吸引仇恨的追趕目標後，把守的士兵們不一會就慢慢的從外面走了回來，看似無規律卻又默契盡職的重新分列在廊道兩邊，站得筆直、眼睛都不眨一下。

見此情景，龍騰欣慰滿意的偷偷潛走……爛水果，妳這次要還不死，老子就跟妳姓！

十分鐘後，客房裡及分守各處的其他人同時聽到團隊頻道裡傳來雲千千「哎呀」一聲。

緊接著，龍騰還沒來得及高興就大驚失色，怎麼自己沒去案發現場做壞事也會收到通緝提示，難道是因為團隊關係被連坐？這個死桃子！

再緊接著，雲千千在頻道急吼：「龍騰快跑！我被發現了！」

「……」龍騰一愣，繼而羞愧感動：「妳……這時候還記得讓我跑？」

「當然啊，你……靠，先別打擾我，我先放個雷幫你擋擋！」雲千千的頻道那邊傳來劈里啪啦的雷電交織的聲音。

龍騰掩面自慚，他覺得自己似乎發現了雲千千身上的優點。關鍵時刻，這女孩原來還是很有同伴友愛的……巫婆那裡應該是場誤會吧，隊伍本來就應該分工合作的。被敲竹槓應該也是他想岔了吧？畢竟人家確實是拿了真貨。還有那次、上次、前次……以往種種都是他以小人之心度桃子之腹了吧？

龍騰正想著，雲千千「匡當」一聲踹開客房大房，看到龍騰愣了愣，抄著法杖衝過來，拎起後者領子就往窗子拖去。

「怎麼還不跑啊？你找死？」

「別、別急……」龍騰被抓得有點翻白眼，他還在懺悔呢。「妳光讓我跑，那妳呢？」

「我沒事。」雲千千遠目堅定道。

「蜜桃……」

「真沒事。剛我一出房間的時候發現有了士兵，不過還好，為了以防萬一，我一進房間就易容成你的樣子上工……那些士兵根本不知道這一切是我幹的。」雲千千繼續遠目，同時有點焦躁：「所以只要你跑掉就行了……」

「……」

龍騰臉色古怪的忽青忽白變幻了一會，半晌後終於弄明白雲千千話中的意思，像被踩了尾巴的貓般跳起來。「靠！」

難怪他躲那麼遠都能被通緝，難怪她居然那麼好心還要主動幫他擋一擋。還不等龍騰指著雲千千鼻子罵幾句，客房外就響起了紛亂的腳步和追趕聲。

「……」又被非禮了！沒有時間繼續在這跟人糾纏是非對錯的龍騰淚流滿面，扶窗跳下，同時聽到雲千千在客房裡大呼小叫的聲音。

「長官，龍騰那小人畏罪潛逃了，你們快去追吧！」

小人!?

龍騰踉蹌一下，腳沒踩穩地面，「吧唧」一聲掉了下去，只好快速吞顆藥，匆匆對高高的三樓窗戶比了根中指，淚奔而去……

吼！妳給老子記住了，此仇不報非君子……

雲千千扶著窗含淚對遠方奔逃化作小黑點的龍騰揮舞手帕送別。真是一個好人，以一人之軀換得兩支隊伍另外九人平安……她以後再也不記恨他了，真的……

事後開會碰頭，除了龍騰仍在逃亡中無法直接出席外，另外九人一人不缺，全部順利完成任務。公主和另外三位貴族小姐的禮服被破壞了，只有魚人公主閃亮登場，成為了當晚舞會上最耀眼的唯一女主角。

「王子約我去後花園……怎麼辦，這一定是告白，他一定是要向我求婚了。」舞會結束後的空檔，魚人公主小臉紅撲撲的回客房，一臉夢幻憧憬的和大家分享了這個令她喜悅的消息。

「別怪我說話太直白打擊人。」雲千千漫不經心的啃著蘋果，有一下沒一下的聽著通訊器裡龍騰抽空傳來的怒吼，同時還能分心應付不知世事險惡的魚人公主。「我覺得他頂多讓妳當小老婆，或者情人也有可能。但是讓人家一個王子娶妳做王后，這確實不大現實。」

「妳什麼意思？」魚人公主瞬間翻臉，怒氣沖沖的提著裙子問道。

「首先，妳沒身分。王家要結婚一般也是政治聯姻，或者新娘子本身有本事……千萬別跟我說妳長得漂亮，漂亮女生多了去，照樣都只能做二奶。人家要娶老婆肯定得娶對自己事業有幫助的，或是能照顧家裡的。」

雲千千揉了揉耳朵，實在受不了的切斷通訊，把龍騰的吼叫聲關閉在另外一端，然後坐直身子，繼續說道：「妳會做家務嗎？妳會賺錢嗎？妳能溫柔體貼、小意溫存的幫王子排憂解難、分擔王國事務嗎？都不會？不會妳憑毛讓人家娶妳啊？」

鄰國公主是不是王子的救命恩人不重要，重要的是她是一個公主。她有一個王國做靠山、做嫁妝，本身又出身高貴，無論帶到什麼地方、什麼場合都不會丟臉，還能在必要的時候幫得上忙，這才是王子首選的聯姻對象……

雲千千從不認為魚人公主的悲劇只是因為她沒有自白自己是王子救命恩人的身分，相反，可能正是因為她沒自白，所以才有機會活到參加王子婚禮的那一天。不然真要讓王子難以抉擇，甚至不得不棄公主而就她的話，老國王和老王后可就不一定坐得住了……

這小女孩不懂世道艱辛，主動拋棄了能讓自己作為倚仗的海洋公主的身分，這才是她失敗的根本。比如說一個平民女孩跑到世界首富家裡，告訴人家說，我是你兒子的朋友。為了體現平易近人，搞不好人家還有心情笑著和她敷衍下。

但她要挺著肚子告訴人家說，我有了你兒子的種……一般這樣子的人都得被人偷偷打發了，順便打包遠遠送出國去，還得交代下面打壓，不能給她任何出頭機會。

香蕉的，別以為真愛無敵了！在什麼樣的位置做什麼樣的事，身分不對等的婚姻是不會幸福的。

「妳、妳胡說！」魚人公主被震撼了，蒼白著臉色一聲怒吼後，提著裙子又跑了出去，把門砸得巨響。

其他人圍過來，憂心忡忡道：「這個……跟她這麼說不要緊嗎？再說這是童話故事，講那些一身不身分的好像有點煞風景耶……」

雲千千白眼眾人一眼：「先幫她打個預防針罷了……人魚公主童話的最完美結局是王子和公主順利結婚，魚人公主沒有遺憾也沒變成泡沫的重新回到大海，所有人都得到了最好的結果，兩個王國和海底魚人族才會給我們完整獎勵……如果王子娶公主，魚人公主想不通仍抱有遺憾，就她死。如果王子娶魚人公主，公主黯然返國，則兩個王國都不滿意……這樣最好，讓小女孩玩得開心，最後又能幡然省悟，我們的任務就算完成了。」

「妳確定？」其他人不信，畢竟雲千千糊弄人是有前科的。

「百分之兩百確定。」

作為西方的啟蒙讀物，童話故事的劇情任務分散在創世紀地圖中的各個角落。人魚公主是一例，惡龍和公主又是一例……不過童話畢竟只是童話，還有很多不合理的情節部分。

或許是為了彌補遺憾，也或許是單純的為了刁難玩家，創世紀中的童話總是有些變動，不能用單純的方法去完成。

比如說以前雲千千如果按照童話故事裡說的，斬殺惡龍、救出公主，那不僅沒有獎勵和後續任務，還會被公主憤而通緝，同時被龍族厭棄。

人魚公主也一樣，如果僅僅是順著劇情走下去，讓魚人公主化為泡沫，那麼魚人族國王傷心之下，說不定就要設玩家圈套、扯玩家後腿；而如果反過來僅僅是幫助魚人公主嫁給了王子，老國王生氣之後，也沒準會弄點什麼小手段。

用自己的腦子去思考，什麼才是對三方最好的……任務沒有必然的結局，只要盡全力讓所有人滿意就好了。

雲千千前世加今生玩了兩年多的創世紀，雖然不敢說所有任務都知道和經歷過，但大略也能了解些智腦判斷任務完美度的思路……

魚人公主最適合的終究是大海，這就是她的判斷。

「那下步我們幹嘛？等著魚人公主和王子分手就好了？」龍騰留下來的殘部很彆扭，任務獎勵很吸引人，老大說了不能撤退。但在這裡和蜜桃多多待久了，老大肯定又不舒坦……早知道他們一開始就該跟著龍騰一起浪跡天涯的。

雲千千想了想，說道：「我們還得想辦法拿到王子的心頭血，幫魚人公主恢復魚尾。」

「心頭血？妳的意思是宰了王子？」

「就是既要捅他心臟又不能讓他死的意思。」雲千千嘿嘿一笑：「這是遊戲呢，只要不是任務特殊情況就不存在弱點必殺的……我們先取血存著，等進行到婚禮那一天的時候，再直接把小魚人抓來潑上去……」

「……誰去取？」這個才是最關鍵的問題。

「這個……」雲千千頭大，想了想還是打開通訊器諂媚呼喚：「龍騰哥……」

龍騰異常委屈，他委屈不僅是因為自己三番兩次被陷害，更是因為那個陷害他的人根本沒有什麼良心發現，利用完自己還能光明正大的掉頭回來接著利用……

這是一種什麼樣的心態？這是一種沒臉沒皮的賤者無敵心態！而最可氣的一點還在於，自己要是想要獎勵，就不能拒絕對方的利用……

草泥馬！君子報仇十年不晚，就暫記她一筆。

當天夜裡，魚人公主和王子約會過後，雲千千幾人大呼小叫著用發現通緝犯龍騰的幌子騙走了士兵，接著龍騰潛伏進王子房間，毫無意外的順利刺殺王子，收好心頭血後，王子半死不活的暈了過去。

確認一遍對方頭上血條還有小半截後，龍騰又悄悄遁走，順便默默淚流著聽到了系統因他刺殺王族而加重通緝力度的提示。

至此，童話故事中所有人回歸原位的條件都順利達成了，只等王子和公主舉行結婚儀式的那一天，把小魚人公主變回去，再通知她爹來接人就行。

雲千千不耐煩的在島上乾等，乾脆接了去亞特蘭提斯報信的任務。她揮手與城堡中的其他人告別，刺溜一聲跳進大海游走，順便發消息通知彼岸毒草這邊任務已快完成的消息。

一分鐘後，彼岸毒草的消息沒回來，倒是九夜的通訊先殺到：「聽說妳任務完了？」

雲千千受寵若驚：「沒想到九哥也那麼關心我的任務……」

她還沒表示更多感動，緊接著九夜的下一條消息又飛了過來：「那麼來幫我殺人，這個任務有點麻煩，無常說可以發補助費給妳。」

「……」靠！你任務麻煩關我毛事……這個死眼鏡仔！

032 棘手的硬骨頭

要走也不能現在走。

雲千千堅持游到亞特蘭提斯報完了信，再問了留著準備參加婚禮的幾個水果族關於王子和公主的婚期，最後確定還有一週的時間迴旋，這才接受九夜召喚，一個傳送閃現回大陸。她趕到時，正好掐準時間蹭到一頓現成的晚飯，還是九哥牌秘製烤肉……

「七哥，不滅，好久不見。」九夜和無常的老臉早就看熟了，倒是七曜和不滅許久沒見，再次會面讓雲千千很是驚喜。

「坐。」不滅笑笑的就算是打招呼。

七曜倒很是和煦友好，開口招呼的同時，順手遞過一串肉，笑呵呵道：「好久不見了，妳最近混得可是風生水起啊。」

七曜這句感慨絕對是發自內心的。說實話，在這群公務人員眼裡，高手什麼的都是浮雲，但如果能得到無常重視，那稱讚一句混得開還真是實至名歸……都被警察重點關照了，這難道還不算混得好？

雲千千頓時被噎得沒胃口了。「我怎麼覺得聽你這話就好像是感覺我快被抓了似的。」

「放心，看在小夜面子上，無常不會抓妳。」七曜這人就是老實，都到這分上了也沒看出來眼鏡仔眼中那仇視的目光，逕自以為雲千千已經算是系統內部的家屬，所以自然也要列入保護範圍。

聽到這裡，雲千千忍不住看了眼火堆旁邊的無常，壓低聲音跟七曜探聽八卦：「其實我跟你說，從九哥跟我結婚之後，眼鏡仔的臉色就沒好看過……」

「哦？為什麼？」七曜小小驚訝了一把，聲音也不自覺的低下去。

「這個……有些難以啟齒……」雲千千象徵性的害羞下，就急吼吼的道出自己的猜測：「其實我個人覺得眼鏡仔可能對菊花什麼的有某種偏……」

「咳咳。」

兩個說人壞話的狗男女被嚇得差點跳了起來，轉頭一看，無常的冰山臉就在火堆的映照勾勒下清晰出現在二人身後……臉色還有點黑……

雲千千回神又腰生氣吼道：「有沒有點道德心啊！你不知道偷聽他人談話是犯法的？」還警察呢，嘖，一點水準都沒有。

「……」七曜掩面羞愧，偷偷溜到一邊和不滅坐去了。

無常的臉色越發難看，真不好意思接雲千千這句話。他都替她覺得臉紅……

九夜挪開火架上的鐵鉗，分了分心對雲千千招手：「過來。」他像召喚自家寵物一樣淡定：「我跟妳講講任務。」

雲千千畢竟是無常開口准許請來助拳的，不管對她再怎麼不滿，可人家坐實了客卿身分，雖然是臨時的，也不得不給幾分面子……

這次網警小分隊碰上的所謂任務目標其實本身不算難啃，但事情為難就為難在解決問題不是單單殺了那個人就可以的。

網遊中，玩家不滅這個定律早就已經重複過了，無常想要的，是徹底打擊到讓目標意志渙散，最起碼也要逼到他求援。可是很顯然，九夜的幾次刺殺僅僅只是帶走了對方的等級，卻根本沒能達到預期中的震懾效果。單就意志堅定來說的話，這人確實能算是個麻煩人物了。

人家死就死，根本沒把那點等級放在眼裡，只要有了喘息的機會，沒事買幾個任務卷軸，或是拉上人刷幾次副本就回來了。而九夜又不可能真正做到掄白對方。首先，這在制度上不允許；其次就算允許，他也沒辦法連續完成，畢竟辨認方向對九夜而言還是一個太過艱深困難的課題……

於是如此這般的，在萬不得已之後，無常終於不得不把請雲千千幫忙這一方案提上議程……

「目標誰啊？」雲千千從臉色很難看的無常手中順手搶來九夜剛遞去的烤肉咬了一口，順口問道。

「……說起來這個似乎也是妳的熟人。」無常擦擦手，推了推鏡片，勾起脣角冷笑：「是妳情人的前妻的前夫。」

好複雜的關係。雲千千繼續撕咬烤肉，同時暗想誰才能算得上自己的情人……她當然知道無常這說法是在故意調戲她，所以根本沒有計較搭理，只要從關係好的男性朋友中間用排除法選擇就可以了。

有前妻的……銘心刻骨算一個，海哥算一個。

前妻又有前夫的……好像只有海哥……

「你說天下？」驚訝的得出結論，雲千千頓時一臉鄙視看白痴般看無常：「連那小哥都搞不定，你到底是怎麼混的？」

她都覺得其實不用動手，只要自己人往天下面前那麼一站，前仇舊恨立刻就能讓後者紅著眼睛衝上來想撕碎了她。聽無常和九夜話裡的意思，倒是像在說天下心機很深，那麼莫非是自己太欠打？……不對，應該是無常根本沒弄清對方的打擊弱點才是。

「妳以為誰都跟妳似的自動領悟天生群嘲技能，走哪都有一堆人恨不得滅妳而後快？」

「那倒是，不招人妒是庸才。」雲千千呵呵笑得很自得。

無常氣悶：「總之，妳只要把天下逼到讓他跟身後的人求援就行了。」

「這樣不大好吧……」雲千千習慣性推脫：「你也知道，我以前把人家傷害得不輕，不僅是妻離團散，名聲上更是遭受了巨大的打擊。雖然說當時確實是他做得不對，但不管怎麼說也是出手過重了。現在聽你這意思，好像天下終於重新振作起來並且有了更好的發展……男人有時候很脆弱的，萬一這次我下完手後，對方從此一蹶不振……」

「哼。」無常嘲諷冷哼：「妳開價吧。」

「……死眼鏡仔不要侮辱我的人格！」雲千千跳起大怒：「5000 金不二價！」反正對方出錢肯定也是公款，本國在公款報銷上貪汙是有悠久歷史的，到樓下小餐廳叫碗牛肉麵都能開出 100 元的發票來，她賺點小零用錢也不為過。

無常青筋狂暴，三屍神亂跳，是用盡了最大努力才克制著沒有暴走，咬牙切齒陰森森道：「妳宰凱子呢？……50 金不幹就算。」

「太沒有誠意了。我可是高手。」雲千千排出一溜身分標記，叼著牙籤邊坐邊抖腿，一副趾高氣揚的暴發戶嘴臉：「看，水果樂園會長、水果族族長、天空城主、水果島島主、亞特蘭提斯榮譽居民兼最大賭城股份持有人、天機堂高級 VIP 以及……」

在場的無常幾人都有點震撼。雲千千的這些過往事蹟他們都知道，最初聽到的時候驚訝了一下也就過去了，沒多想什麼，可現在這麼一大串身分一起擺出來，還真是冷不防的讓人挺震撼。

不知不覺中，這爛水果的足跡竟然已經上天下海遍布全球了？

無常很痛苦的揉揉額頭，鏡片後的美麗鳳眸瞇了瞇，開始考慮要不要把此人列上頭號需重視的危險分子名單……

「5000 金不可能，我最大許可權是給妳 1000 金……」死女人，別以為所有公務員體系裡的人都貪汙，那只是一部分蛀蟲。

「我……」

雲千千還想繼續爭取更大權益，旁邊的九夜淡淡插了句話：「1000金也高了點，800金差不多了吧？」

「……好吧。1000 金就 1000 金。」裝作沒聽到九夜進言，雲千千放無常一馬。

生意談完，烤肉聚會繼續，雲千千友情提供從毒小蠍處灌滿的美酒幾瓶，頓時換來九夜及七曜、不滅的友好目光。無常一貫的黑臉，不為小恩小惠收買……

先不說雲千千這邊。天下雖然很淡定的接受了被刺殺的事實，也知道人在江湖飄，一刀接一刀，但三番五次被襲擊其實已經讓他心裡提起了淡淡的警惕。

今時今日的天下已經不再看得上海哥手裡那個小小的海天一色了。以前那是眼光所限，以他的起點、他的人際關係網，當時所能做到的最大企圖就是一個小小傭兵團。

可是被雲千千逼進絕路後，破釜沉舟、臥薪嘗膽之下竟然讓天下闖出了一份更大的天地……當然，這麼說有點文藝了。直白點，就是天下從海天一色脫離出來，謀求發展時進入了另外一個傭兵團，本來想故伎重施篡位，沒想到此團長非彼團長。

首先人家根本沒有海哥對天下那麼信任不說，其次這個新任的老大還是個心黑手狠的人物，即便不說是為達目的不擇手段，但也絕對稱不上正人君子。

天下那點小把戲剛耍出來，被人冷嗤著輕飄飄就化解了，連點波瀾都沒興起……也就是在團裡再待得久了一點之後，天下才知道了另外一個內幕──人家這根本不是一個普通的傭兵團，而是一個工作室……傭兵團下還有附屬傭兵團，沒有經過系統承認的，只是旗下的這些傭兵團長都是工作室內的正式員工。

天下經過幾個月的努力，終於成為其中之一，這就是目前的所有情況。

於是，其實在九夜接到無常訊息，呼叫雲千千之前，天下就已經把自己被刺殺數次的事情上報，並且在雲千千回到大陸的同時，上頭也派下了幫手。

033 綁架幼龍

雲千千始終認為，以力服人和以德服人都是最下乘的手段。

前者太直白，一根筋直到底不會拐彎。雖然在一定程度上使用時可以獲得最直接有效的結果，但萬一要是分寸掌握不好，或者不小心碰到一個超級死腦筋的話，很有可能就會造成反效果。不僅達不到目的，還會讓自己陷入進退不得的窘境。

後者更不用說了，完全的被動無反抗。人家打了你左耳光，還要把右邊臉主動湊過去，笑咪咪的求人打勻稱點……連孔老都嘆過，以德報怨，何以報德？所以其實連聖人都不是沒脾氣的，可笑的卻是那些妄攀德行的人。

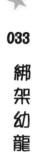

一個人做好事還是做壞事都不怕，怕的是沒腦子、沒本事。比如說雲千千，她再怎麼把創世紀鬧騰得雞飛狗跳，只要不把人往死裡逼，只要人還有要求到她、可能會用到她的那一天，她就有繼續活躍下去的本錢。

反而言之，如果是本身分量不夠重的，你再是仗義疏財、結交天下、眾口交譽，到了關鍵時刻，那些所謂的朋友們該背叛還得繼續背叛，誰叫你沒用呢。

於是由此雲千千可以得出一個結論，創世紀最需要的，就是像她這樣百無禁忌或者說沒臉沒皮、不擇手段的人才……

燒烤聚會結束後，為了千金酬勞，同時也為了儘快趕回去參加王子和公主的婚禮，雲千千刻不容緩的立即動身出發。她先根據無常的情報找到了天下，鼓搗一會後卻沒和對方交談接觸，轉個身又走了，直接回天空之城去探望久未見面的龍哥父子。

龍哥很熱情的接待了拯救他貞潔清白的雲千千，小龍人為父大出血的貢獻出自己的餅乾盒子，三人團團坐在一起，在友好和諧的氣氛中開始聊天。

「聽我執事說，你最近都在跑政事廳，好像是有打算想申請一塊地皮？」雲千千笑咪咪的捧了杯茶，迂迴試探中。

龍哥呵呵一笑：「龍族們偶爾也會來大陸遊歷，總要找個落腳的地方，我這也是為了方便以後接待那些族人們。」

「不急不急，這個好說。」雲千千道：「但是關鍵您也知道，天空之城裡有地皮建聚居地的都是以種族名義。龍族目前來說對天空之城根本沒有過什麼貢獻，反而是要倚仗天空之城提供庇護給您……」

「所以我現在也是卡在這裡了。」龍哥使了個眼色，小龍人不甘不願的跳下椅子，邁著小短腿跑進內屋，拿了個龍型的小手鐲又跑出來。

龍哥接過，轉手遞給雲千千：「小小意思不成敬意。」

「……」可了不得，這龍哥在凡塵俗世打滾太久，居然連行賄都學會了……

雲千千嚥口口水，強忍住搶過手鐲的衝動。「用不著這樣，我只是隨便說說，不能收這個……」收了她還怎麼提後面的條件？

可惡，1000金和不知屬性的神秘手鐲，究竟哪個要更值錢？雲千千很糾結。

「妳先拿著我再說話會比較安心。」龍哥勸道。

「可問題是那樣我就不安心……好吧，我先拿著。不過先說好，事情一件歸一件。」雲千千狠狠心，決定通吃……1000金和神秘手鐲，她一個都不想放過。

她接過鐲子拍了個鑒定，發現這就是一個擴大型儲物道具，九行九列八十一格，和玩家本身擁有的空間袋並不衝突；另外鐲子和其內裡裝著的東西附帶個防偷、防掉落功能，除此之外也沒其他作用了。

好東西。雲千千很滿意的點頭，強壓下不安的小良心，硬著頭皮開口：「多謝龍哥。不過這地皮還是不能這麼給您……靠！先聽我說完，龍哥管好你兒子，他衝我噴火！」

「不許對阿姨沒禮貌。」

龍哥拉住小龍人胳膊，抓回自己懷裡抱著，忍下張口也噴上一團火的衝動：「聽妳這話的意思，是不是還有點其他的什麼事情？」他也算看出來了，人家無事不登三寶殿，這次來找自己肯定是有所求，不然怎麼就那麼善心想到了要來探望他們父子……可惜他如果早看穿這一點的話，說不定那鐲子還能省下來，現在想剝回來怕是不可能了。

「龍哥，我來就是想問您一句話……還記得大明湖畔的肥公主嗎？」

「……」

肥公主現在在中轉站算是混上正軌了，經過又一段時間的努力，這位公主成功整合了那裡的行政系統。她不像以前那樣只是占山為王，而是真的把中轉站劃入了自己的領導範圍，不僅開通賦稅，還把自己國家那一套運營體系帶入了中轉站中。

除了依舊與外界無法聯繫以外，現在的中轉站就是一個異界版的小主城。士兵們再也不用為一碗吃的混到擺攤賣藝的地步，也總算是有了固定收入。

當然了，與之相反的，在通往天空之城的傳送陣那裡，傳送師則是越來越顯憔悴了……

公主從來沒放棄過登上天空之城去見龍哥的希望，還是每天照三餐的派士兵去那騷擾。雖然不能對對方施加什麼肉體刑罰，但我們可以不斷騷擾，從精神上打垮對方嘛。

中轉站郊外，孤單的傳送師寂寞的蹲在傳送陣中，有氣無力、沒精打采、一副生無可戀的模樣。按照時間算算，今天的第二批騷擾士兵再有半個多小時就該過來了。現在他就靠這個計時，順便也靠對方帶口飯吃……公主倒是不敢餓死他，怕一不小心最後的希望也斷送在自己手中。

突然傳送陣中白光一閃，傳送師眼前一亮，接著就驚訝的看著一男一女一正太出現在自己面前……

「嗨。」雲千千抬爪，跟驚得瞠目結舌的傳送師打招呼，順便左右張望下：「那個誰，公主在這混得怎麼樣？還在城裡嗎？」

聽到「公主」這個敏感字眼，傳送師猛的回神，一把撲過去抱著對方大腿，一把鼻涕、一把眼淚的哭訴：「大人啊，我上有老下有小，如果以前有什麼不小心得罪您的地方，您就高抬貴手放我一馬吧，我以後再也不敢了啊嗷嗷……」

雲千千尷尬，不好意思對驚愕看自己的龍哥和小正太笑笑：「料想是被公主騷擾出心理陰影了……我也是一時事務繁忙，沒想起還有他這一個人……」她就算想起了也不能怎麼樣啊。玩家上天之後，這裡的傳送陣必須有人主持。而公主她又不敢親自去對付，還不是只能無奈的流放對方，在這先冷一陣子……

龍哥一聽也很愧疚：「都是我們父子的錯……」他想了想後，咬牙堅毅道：「就算不是為了妳，單為了這些可憐的人，我也一定會幫妳的，放心吧。」

「嗯，那成，幫我先把腿拔出來。」雲千千咬牙抽大腿，強忍踹人衝動……香蕉的，老娘就這一件衣服最能見人……早知道不穿時裝了，靠！

安撫下傳送師後，雲千千問了一下下批士兵到來的時間，確定一次後又囑咐了幾句，送走龍哥，再刷出易容面具變身天下，對小龍人伸開雙臂，笑得燦爛而猥瑣：「來，讓蜀黍抱抱。」

「……」小龍人撇撇嘴，白了雲千千一眼，但還是聽話的伸出小胳膊摟住了雲千千的脖子。

後者一使力，抱起小正太的同時忍不住倒吸口冷氣：「你爹給你吃催肥飼料長大的？」

小龍人沒答話，磨磨牙，啊嗚一口，對準雲千千的脖子啃了下去……

「喂，老頭……」

新一批的巡邏士兵們懶懶散散的又來了，一個好像是領頭的 NPC 照例張口，正準備說出不知重複了多少遍的臺詞。

誰知他話才剛起了個頭，那個一直要死不活的傳送師突然主動出了傳送圈，一個餓狗撲食就撲了過來，一把鼻涕一把眼淚：「長官啊——剛才有歹人誘拐了我天空之城的小孩子，求您給我們做主啊——」

「咦，真的，是誰那麼大膽子居然敢……不對，你們的小孩子關我什麼事？我自己得孩子都好久沒見到了。」領頭NPC生氣。要不是在這裡被困住了的話，他怎麼可能到現在都還沒辦法回家見老婆孩子一面……嘖，這老頭真是被鬧傻了不成，居然還妄想讓他們去管他的破事？

「可是……那孩子就是你們要找的龍族青年的兒子啊……」傳送師抄起領頭NPC的衣襬，擼了把鼻涕，抬起紅通通的兔子眼，楚楚可憐看著士兵。

領頭NPC頓時大驚：「當真？」

「真的真的！他帶著傳送器逃進城裡了，料想是想找到中心魔石開通回大陸的通道。」傳送師連連點頭。

這下領頭NPC真是大喜過望，就衝那人能開回大陸的通道，這被綁架的孩子不管是誰，他們都要追上一追了。

領頭NPC毫不猶豫的掙開傳送師，傳送師也配合的鬆手，啊呀一聲，「柔弱」的倒在地上……

領頭NPC沒有半點留戀的衝身後一揮手，急吼吼下令：「收隊！全部人向後轉，大步跑！」

嗚嗚嗚，終於能回大陸了。

034 天下與「天下」

雲千千本來的計畫是扮作天下，挾持小龍人，引著公主的人馬繞到天下的地盤去，到時候自己再隨便找個法子帶著小不點失蹤，公主自然就能和天下槓上。

玩家的刺殺你不在乎，但是十萬 NPC 大軍加上一國公主的通緝總夠厲害了吧？

計畫是好的，可惜她不小心把公主算得太傻了點。結果人家沒那麼菜，還沒等她帶著小龍人跑到一半，後面的兵馬就轟隆隆的殺了過來。

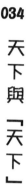

「站住！」雲千千抹了一把冷汗，頂把匕首在小龍人的脖子上。「再往前一步我就撕票！」

香蕉的，看起來確實不能老把人家公主當傻子糊弄。雖然對方在自己手裡栽了幾次，但其實還是真有

實力的，這麼一會就能跟上自己，那速度和排軍布陣的本事果然不差。

公主一看情況不對，也只能是連忙揮手，不甘不願的讓自己手下人停下來。接著她自己瞇著眼睛，直勾勾瞧住雲千千懷中小龍人一分鐘整，從頭到腳、從裡到外，無比確定那確實是龍哥家小孩，百分百防偽、真實無任何添加虛造……之後才放下心來，忿然磨牙。

「你好大的膽子！光天化日、朗朗乾坤居然敢綁架龍族幼子！」

自從將赫托斯的兒子誤認為是龍哥兒子的事情發生之後，公主吃過一虧，接下來就狠狠的在辨認人物這一事件上下了一番工夫。現在她不僅記得龍哥，更是狠狠把對方的唯一親屬容貌記在了心中，再不會發生以前那樣對面相見不相識的事情了。

也正因為如此，公主此時才會在看見小龍人果真被人綁架後表現得如此激動……這回可不是什麼誤會，是實打實的可握在掌心中的人質啊！

「哪裡哪裡。」雲千千頂著天下的音容笑貌，謙虛羞澀：「我做得還遠遠不夠。像公主殿下那樣光天化日之下強搶良家龍男的事情，才真正算得上是膽氣凌雲，實在是我輩之楷模……我一定會以您為榜樣，繼續努力，不斷進步。」

握爪，雲千千堅定遠目一副義士狀。

「……」公主各種抽搐不爽，欲將眼前「男人」殺之而後快。

「把身上所有值錢物品首飾都摘下來，錢包全部丟出來……男左女右站好，敢反抗我就撕票！」

公主沉臉咬牙：「撤！」她說完帶軍隊開走。

NPC可以被敲詐，但是卻不可以被敲詐太狠。系統對NPC們的保護處在一個似有還無、欲拒還迎、含羞帶怯、懷抱琵琶半遮……咳，的態度上。畢竟主角始終都是玩家們，總不能只准NPC欺負人家，不准人家欺負回來吧？

這就好比平常在大街上，可能人們常能看見些小偷。一般這類賊子大家看到就當沒看到，本著不惹禍上身的原則，只要人家沒折騰到自己身上，哪怕是當著自己眼皮子底下偷雞摸狗，路人們都會保持緘默……所以說世風日下、人心不古這樣的指責評價也確實是有證可考的。

誰叫現在是惡人當道、賊子囂張呢？暗偷不成，人家還可以直接上手明搶，那叫一個理直氣壯、名正言順，用的理由就一個——狗拿耗子多管閒事……警察叔叔一般都不愛管這事，小偷太多了，抓不絕也抓不盡啊。

可如果大街上要出來一個持刀殺人的，路人們可就沒那麼鎮定了，警察們也沒辦法再裝作視而不見，一定得第一時間逮住制伏之。

雲千千平常敲詐一、兩個人的頂多算是偷摸級別，可要真把十萬大軍都洗劫一道的話，那收穫可就是太驚人了……哪怕是公主也擔不下這樣的責任，這嚴重破壞遊戲內物資流通的正常出入數額。多來幾次的話，引發泡沫經濟也不是夢想……公主也還怕自己被智腦移除掉──暫避鋒芒，是其現在唯一的選擇。

公主來也匆匆、去也匆匆，帶著人馬不到片刻就撤了個乾淨，可是有沒有暗中留人盯梢就是雲千千看不到的了。

雲千千危機解除，不顧小龍人在懷中對自己橫眉怒目瞪視之，抱著小 NPC 又是各種狂奔跑流竄。她為了保證不把 NPC 徹底甩脫還不敢用傳送陣……幾個多小時後，她終於成功回到天下及其名下傭兵團經常出沒的主城……

「我帶著小孩在城裡亂逛？」

正牌天下接到團裡兄弟調侃玩笑的消息，第一時間表示驚訝：「我什麼時候帶著小孩了？而且今天早上我就說了要和隊伍閉關刷副本，現在都還沒出來，你們是在哪看見我的？」

物有相似、人有相同，天下認為也許是手下人看走眼了也說不一定。

傭兵團中幾個本想調戲其一番的玩家表示驚訝：「咦，怎麼可能？我們明明看見就是你，和你打招呼還不理我們……其實有個私生子也沒什麼的，人不風流枉少年嘛，何必不承認呢？」

「我私生……」天下一口氣差點沒接上來，一張還看得過去的小白臉憋成茄子色。「遊戲裡能上哪去弄個私生子回來？你們睡昏頭了吧？」

通訊器那邊的人為自己的含冤受屈表示不滿：「你不信？不信問問小A、阿B、老C……他們也都看到了。」

一個個問過去並無一例外的獲得統一回答後，天下終於不得不正視起這件事來，臉一沉：「我這就回去，你們想辦法跟住那個冒牌貨。」

雲千千撈著小龍人依舊在主城裡轉圈。她得先確保公主的人已經跟上，然後再把天下引過來，最後才能找個穩妥沒人的地方攔小孩閃人，之後就是坐山觀虎鬥。

雲千千陰人無數，但最喜歡的始終還是禍水東引這一招。撩撥著別人打架，自己在旁邊閒坐喝茶撿便宜，這是多麼省時省力的事情……

天下匆匆刷完副本帶著人回城，一進主城就收到了兄弟們提供的資訊……帶著小孩的另一個天下剛剛進入某酒樓二層包廂。道了聲謝，天下也不解散隊伍，帶著原班人馬直殺到情報中所說到的那家酒樓，這樣萬一有個什麼事情的時候，也好先下手為強。

「客人，請問您是不是天下？」

剛才到房間，天下本來想直接敲門進去，誰知在門口就被NPC夥計攔下。後者一開口，天下頓時驚了一驚：「是我，有什麼事？」他現在開始有點確定包廂裡的人可能真是衝自己來的了，不然不能這麼確信自己一定就會出現。

「這是包廂主人讓我轉交給您的字條。」NPC夥計很客氣、很和藹，恭敬的雙手奉上字條一張。

天下接過一看，只見上書一行小字——包廂低消及目前所上菜肴酒水費共計金銀銅……選擇付帳請繳錢，選擇不付帳請轉身原路返回。

「#%%$……」天下攥著字條咬牙切齒，突然對這橋段有種莫名的熟悉感。

包廂必須得有包廂主人的邀請才可進入，不是隨便來個阿貓阿狗、流氓惡霸都可以擅闖。很顯然，裡面的人早料到天下會來，於是就把包廂開放權放到了門口的NPC夥計身上。你給錢，他就會直接放你進來。不給錢？那不好意思，本人暫時也沒興趣見你，還請原路回去。

為了揭開謎底，天下心情很不好的一抬手，刷出一個錢袋，很痛快的把帳結了……

男人嘛，出門在外總得有點錢錢防身，說不定什麼時間請個客、買個東西的，萬一要是到了需要的時候拿不出錢來，那多尷尬。

NPC夥計依舊笑咪咪的，波瀾不驚的接過錢袋掂了掂，確定數目無誤後閃身讓開，做了個請的姿勢，恭敬道：「客人請進。」

「哼。」天下不爽的哼了聲，一甩頭，帶頭走進包廂……

沒人，連根毛都沒有。

天下臉色陰沉的掃視包廂內一眼，身後帶來的另外幾個人面面相覷。猛的衝出去，揪住正要離開的NPC夥計，天下咬牙切齒問：「包廂裡面的人呢？」

「裡面沒人啊。」NPC夥計驚訝詫異反問：「不是您派人來預定包廂及酒菜的嗎？我們菜早就準備好了，只等您來付過帳後就可以開動。」

「……你是說，裡面本來就一直沒人，只是有人來預定了，還是以我的名字？」

NPC夥計把事情講了一遍，天下等人才明白是怎麼回事。那另外一個「天下」進了包廂之後，只要了壺免費茶水、翻了翻菜單，狂點一排菜後留下話來，聲明預約者是天下，等後者來了之後再付帳……

酒樓包廂預定有規矩，在預定時要先繳一半包廂費及菜錢做保證金，預約者來後付全額買單，之後保證金自動退回原帳戶……如果預約者兩小時內不來，則預付的保證金不予退還……

天下心裡咯登一下，隱約嗅到了某種水果的味道：「訂包廂的人是誰？」

「對不起，我們要為客戶保密。」NPC夥計羞澀一笑，低頭……

035 魚人公主的決定

錢花了，酒菜當然也得吃下去，畢竟那不算是一筆小數目……天下的心抽抽的疼。

正好幾個人都餓了，進包廂裡休息一下、順便討論研究一下事情……就像剛才的他們無法擅自進入一樣，現在包廂是天下的，其他玩家自然也無法進入。哪怕外面有人拿禁咒當煙火放，這裡也是絕對絲毫無損。在系統規則的籠罩下，再沒有比酒樓包廂更安全、更隱蔽的地方了……

是的，最起碼原本的天下是這麼認為的……

「把孩子交出來！」

直到一個肥婆以剽悍之姿，率領烏壓壓一群士兵衝上酒樓，踹開包廂，把裡面擠了個滿滿當當，更舉

著法杖橫眉怒目衝上來，以一個刺殺的姿勢差點戳穿天下的脖子之前，天下一直是這麼認為的……

「……什麼孩子？」天下憋了半天，臉色忽青忽白變幻許久，最後終於只想到這麼一句非常沒有新意的問話。其實他倒是想先問問對方是怎麼進來的……不過看這架式，肥婆好像是什麼位高權重的 NPC，於是這個問題已經不用問就可以得到解答了。

接下來又是下一個問題，這 NPC 為毛針對自己？

雖然不了解情況，但天下想了想之前手下人曾經說過的關於「自己」抱著孩子在街上流竄的傳聞，於是這個也不用問了。

那麼就是最後也是最關鍵的問題……孩子是誰？

天下隱隱覺得頭疼，並發現自己似乎是落進了某個陷阱。最可氣的是，這個手筆場景還該死的熟悉，讓他想起了某個很不讓人喜歡的女孩……

「少裝蒜！」公主怒，大怒，就差沒抓過天下來，掐著他的脖子搖晃。「你把龍哥的孩子藏到哪裡去了？說！」

「龍哥的孩子？」很好，孩子的身分明白一半了，可是關鍵的龍哥又是誰？……天下扶著腦袋，茫然依舊。

公主雖然很歪纏龍哥，但是人家有一點很好，那就是忠心不二。除了龍哥以外的任何男色在她面前都是浮雲。敢跟老娘裝傻？沒門！

臉一沉，公主揮手厲聲下令：「把人給我抓起來！」

天下等人大驚，這下子不用再費心想什麼了，來者不善是肯定的。事情的起因不重要，重要的是他們再不跑就得被關小黑屋……

「跑！」天下一咬牙、一跺腳，發狠的往窗戶邊衝了過去，乾脆俐落的扶窗縱身一跳。

後面的另外四個玩家也跟著，前前後後、快快慢慢跟下餃子似的撲通撲通往下面跳。

只幾個眨眼的工夫，包廂裡就只剩下了公主和她的士兵們……緊接著，幾個眨眼的工夫後，通緝天下及其領導傭兵團的系統公告就很有效率的被發布出來……

眼鏡仔知道系統通緝令的同時只瞇了一下眼，接著就痛快的刷出錢袋付帳了，皮笑肉不笑的輕哼了一聲：「還是妳比較陰險。」

「這叫睿智。」雲千千糾正對方錯誤用詞，欣慰滿足的接過錢袋微笑：「以後常來照顧我生意啊，客官。」

無常嘴角抽了抽，不想理她。

雲千千也沒在意，翻日曆看了下時間，發現離魚人公主心愛的王子之結婚大典沒剩個幾天了。她連忙揮手告別這邊剩下的一堆爛攤子，傳送回水果島，火速出航直殺往王子所在島嶼。

「還好趕上。」雲千千一跳下船，就受到了自家留在島上的四個水果族的熱烈歡迎。當然，龍騰手下是不會來的。老大之仇未報，雖然大家現在還得繼續合作，但要熱情肯定是不可能的了。萬一一個不小心被直屬上司記恨可不是好玩的。

「還早呢，妳就是從海裡慢慢游過來都趕得及。」水果樂園的人笑。

「游過來也得有體力，尤其水裡吃東西感受絕對不美好。雖然這是遊戲，但吃口肉都得灌一肚子鹽水實在不是什麼好體驗，尤其喝水……所以說藥丸比藥瓶賣得好也是因為這，前者比後者方便太多了。」雲千千一放鬆下來就習慣胡扯，天南地北一通亂跑後終於心情舒暢，轉回正題問道：「魚人公主現在怎麼樣？」

水果樂園的幾人對看了一眼，有點遲疑：「她表面上看似乎是認命了。前不久亞特蘭提斯的魚人來過，也和她接上了頭，看那樣子，雙方已經定好婚禮後秘密接公主回大海的約定，但是不知道為什麼，總感覺事情不會那麼順利。」

為了泡王子，魚人公主下了多大的血本是大家都看到的，那叫破釜沉舟、壯士斷腕，突然冷不防的這麼合作讓他們很不習慣。雲千千又不在，他們想找個人商量都找不到。

雲千千沉吟一會道：「她現在在哪呢？我瞧瞧去。」

對於這個建議，所有人都表示贊同，於是一行人簇擁著雲千千就回了王宮去了……

「妳說，人為什麼非要長大呢？」

雲千千在魚人公主心裡顯然是不同的。對其他人她還強顏歡笑一下，但一見到雲千千，那眼眶馬上就紅了……當然，這其實可以認為是雲千千在對方心裡太過陰險，於是她乾脆就沒有了偽裝的必要，反正裝了也騙不過。

「確切的說，妳應該問魚為什麼會長大。」雲千千把其他人都趕出房間去，坐在憂鬱的魚人公主對面，摸著下巴想了想：「我個人認為這是食物鏈的需要，魚肉富含DHA和EPA，還有其他肉類所沒有的補腦優勢，吃多也不會發胖喔……」

魚人公主終於忍不住瞪了雲千千一眼：「我沒問妳這個。」

「那妳想問什麼？王子為什麼不娶妳？我們為什麼不幫妳告訴王子，他真正的救命恩人其實不是那公主？」雲千千嘆道：「其實檯面上的理由我已經替妳解釋過了，妳身分不夠，救命恩人和王子的感情都不是左右他婚姻的重要砝碼……退一步說，如果妳真想拚一把試試看的話，那也應該是妳親自去說，幹嘛非要等著我們？我們沒拿繩子綁著不讓妳出門吧？」

小女生天性都害羞，總希望異性能細心的察覺到一些事情而不用她們親自開口。再退一步的話，也可以是有個好姐妹幫自己出頭點醒某人……

總而言之一句話，她們自己是絕對不會說的。說了什麼，就像是自己去乞討、去求來的感情一樣。

其實這不是求，而應該叫爭取。

都說會哭的孩子有糖吃，很多事情如果自己不講，對方又怎麼可能明白？地球上近百億人口，誰有耐心老去關心體貼別人，自己的事情都忙不過來了。想要什麼，乾乾脆脆、大大方方開口要了會死嗎？

魚人公主果然扭捏，臉紅羞澀道：「我救他，不是為了他的回報……」

「所以他現在不搭理妳多正常啊。」雲千千嚴肅點頭，表示同意魚人公主的想法：「現在社會缺少的就是像妳這樣的幕後英雄，妳應該為他付出一切，還必須不能讓王子發現；然後幫他娶妻生子搶情婦，誰敢欺負他，妳就偷偷滅了誰……」

「然後等百年之後，妳要死的時候，就能自豪的感動於自己是一條純粹的、偉大的、脫離了低級趣味的魚。妳的一生是如此的豐富精彩、波瀾壯闊、跌宕起伏……當然了，妳做的這一切到死都只有妳自己知道。這是一個偉大的、被歌頌的英雄所必須具備的良好品質。」

魚人公主若有所思：「妳在鼓勵我去表白？可是妳不是不希望我和王子結婚嗎？」

「我不是鼓勵妳表白，我只是看不慣妳這樣子老愛沒事找事的小女生……這又不是狗血言情小說，男女主角吃飽了沒事幹，天天就談戀愛、談感情，結婚之前曖昧來曖昧去，劇情不夠長就抓幾隻第三、第四、第五者什麼的按階段強勢亂入……」雲千千很胃疼，她就不是一個適合擔任心理輔導老師角色的女孩。

有本事自己去和王子發展感情啊，老指望別人算什麼？

當然了，雲千千敢這麼明目張膽的鄙視，甚至可以稱得上刺激魚人公主還有一個原因，那就是她相信一切肯定都在自己的掌握之中。

王子沒有回應的話，魚人公主正好就可以死心了。如果他有回應……也得當成是沒回應。撮合人她不會，但想打亂一、兩樁少男少女的純愛還是挺簡單的。這年紀的孩子面子都薄，有什麼誤會也不會當面直接問的，婉轉來、試探去，最後只能便宜了她這個壞人的計畫。

從魚人公主的房間出來後，早等在外面的一干人迫不及待圍上來，熱切問道：「怎麼樣？」

雲千千扭頭看看身後的門扇，轉回來很得意的比了一個V字手勢：「搞定。」

她的話才剛剛落地，其身後的門扉突然就在八隻瞪大的驚訝眼睛中被打開了。

魚人公主面頰飛紅，眼睛晶亮的閃動著莫名的神采，她深呼吸，鼓足勇氣看著雲千千：「我覺得妳說的對。」頓了頓，魚人公主使勁的點了點頭：「我要去向王子告白。」

「……」搞定？搞定個屁！

★

036 人魚之戀的最後結局

魚人公主去求見王子，雲千千見勢不好，摸摸鼻子跑去海灘召喚魚人族國王。

「什麼?她還是不肯死心?」魚人族國王的情緒異常激動：「我就知道人類沒一個好東西，看我的小公主天真可愛、不諳世事就想欺騙她的感情!」

「準確說，應該是你那天真可愛、不諳世事的小公主想跑去做人家的第三者。」雲千千不滿糾正，最討厭這些半人不人的東西口口聲聲的人類怎麼怎麼樣……世界早和平了，民族早大同了，到現在說話還那麼不和諧，不知道這樣很容易引起國際糾紛?

魚人族國王瞪雲千千一眼：「如果沒有人類的花言巧語……」

「喂，再來一次信不信我不幹了，順便找人在這附近布設淺海捕魚線？」雲千千齜牙挽袖子威脅道。

別給點好處，你就洋洋得意。嚴格說起來的話，她也算是人類那邊的，雖然說做的事情一向有點反人類……做魚就要有做魚的覺悟，再唧唧歪歪的她也是會翻臉。

「……」魚人族國王是想說幾句臺詞來表達一下自己的氣憤，抒發一下自己激烈的情緒。可是眼前女孩好像沒有配合的意思。「總而言之，我絕不允許我的小公主嫁給人類。」

「好極了。我也覺得她那腦子不適合太複雜的生活，尤其很多生活習慣方面，比如飲食偏好就存在很大差異。王子的國家靠海，漁業很發達，所以餐桌上某種食物也就多了些……呃，你明白？」

讀童話時，雲千千第二想不通的問題就是在這裡。她一直想知道當魚人公主住在王宮的時候，如果餐桌上出現魚肉她會有什麼樣的反應？

噁心反胃？暈過去？悲憤交加的血洗王宮？

當然遊戲裡倒是沒有碰到過這樣的場景，魚人公主好像不食人間煙火一樣，雲千千從沒看王子邀請她共餐。至於玩家則更不用說了，一般是自己去廚房買菜或去野外燒烤。

「什麼？該死的人類居然還敢……」魚人族國王再次暴走。

「天雷地……」

「咳，我只是隨便說說。」魚人族國王尷尬，低頭沉吟片刻後請求道：「能不能讓我和自己的女兒談談？」

「你想怎麼談？」雲千千來了興趣，盤腿坐下問道：「要知道，很多青春叛逆期的孩子就是為反抗而反抗。也許你閨女本來還有點醒悟，被你反對個幾句以後，反而打定主意要為愛犧牲奉獻？」

「如果實在說不通，大不了打暈帶走。」

有時候該狠就得狠點，長痛不如短痛，大不了熬過這陣子，等那王子和公主生米煮成熟飯，他就不信自己閨女還能玩出什麼新花樣來……

魚人公主的問題本來難辦就難辦在魚人族的態度上，首先是小的缺乏閱歷，其次是老的缺乏狠勁。現在魚人族國王一反常態的決定快刀斬亂麻、不再縱容小女兒了，所有問題自然不成問題……俗話早就說過，薑還是老的辣。

魚人族國王揮揮手，冒完泡解決問題後再度潛水，荒涼的海灘上頓時又只剩下雲千千一個人。

雲千千訊息發出，詢問魚人公主那邊的情感進展。在得知王子由於要忙著準備婚禮一應事宜，沒時間去見魚人公主，後者只能黯然回到自己房間憂鬱之後，雲千千甚感欣慰，叮囑其他人繼續盯緊城堡，盡全力阻撓人魚之戀。自己則是想了想，傳訊息傳喚九夜，詢問對方那邊的收尾工作還要多久才能搞定。

九夜沒耽擱多少時間就回訊息答：「不一定，等無常安排。有事？」

雲千千百無聊賴的抓出解綁令看看又塞回去，想了想道：「唔……其實也沒什麼大事，要不還是等你忙完?」畢竟是要人家放棄那麼強悍一個隨從，這任務的完成條件實在有些缺德。不然，等等也不是不可以的，等大家實力都強了，瑟琳娜不再顯得那麼剽悍之後，就可以換一個更強的新人，順便把舊人拿去交任務……

「等等。」也許是這邊語焉不詳、吞吞吐吐的回答太讓人疑惑了，九夜片刻後居然主動發來了傳送指令：「拉我過去。」

雲千千驚訝的點同意，眼前空間一陣扭曲，不一會後九夜就出現在自己面前。

「到底什麼事?」九夜死死皺眉的蹲下來問道。

「這個……」雲千千愣了愣，抓頭再掏出解綁令。「其實就是亡靈君主那邊要的解綁令買到了，想問你什麼時候和我再走一趟去交任務。」

「……就這個?」

「不然還有哪個?」

「……」

九夜突然覺得有點鬱悶，本來聽這黑心爛水果難得猶豫遲疑的語氣，他還以為是對方出了什麼大事。

於是他毫不猶豫的斷然推掉無常那邊的工作請了假趕過來，結果就只是為了這麼個小任務?

既然只是交個任務，那她剛才到底在那裡遲疑個什麼屁啊?難道是怕自己捨不得交出瑟琳娜這個戰力?

悶了悶，九夜呼出口氣，再深吸，閉著眼睛平靜一會後才淡定坐下，抬起眼皮，波瀾不驚：「隨便吧，妳什麼時候有空就什麼時候去。」

「那就等這邊魚人公主的任務完成？」雲千千心虛乾笑兩聲，小心翼翼道：「你那邊工作應該不忙吧？」

「請假了。」九夜冷哼了聲，不滿的橫掃一記眼刀過來。

雲千千頓時謙虛傷嘆，愁悶的摸了摸自己的臉蛋，唏噓感慨：「果然是紅顏出禍水……」

「……」咬咬牙，九夜努力把注意力轉開，不看雲千千的方向……他不生氣，他不和這爛人一般計較。

又坐一會，雲千千終於感覺無聊。

場景是很不錯，面朝大海、背對沙灘。沙灘乾淨柔軟，海水湛藍清澈，現實裡可找不到這麼純粹無汙染的景色。

身邊的人也不錯，樣貌一流、身材一流、氣質一流，身手好、職位高，最關鍵是還聽話，帶到哪裡都拿得出手……

唯一問題就是氣氛太尷尬。兩個傻子對坐無言、呆看碧海藍天的橋段，雲千千一般以為只有電視裡才有，這麼閒的工夫裡做點什麼不好啊。無聲勝有聲的境界對她而言太玄幻了，人生還是應該用在更有意義的事情上才對。

於是沒幾分鐘雲千千就坐不住了，跳起來拍拍屁股，用法杖捅九夜，興奮建議：「我們下去打怪吧？」有經驗、有錢錢、有裝備……這個最有意義了。

「……」

當日漸黃昏，光線不好之後，雲千千終於心滿意足的攜九夜返回城堡。水果樂園的留守四人對九夜的出現表示驚訝，之後就是熱烈歡迎。畢竟是傳說中的第一高手，這點面子還是有的。

龍騰九霄的四人則是惶恐莫名，他們一致認為九夜的出現肯定是因為雲千千有了什麼巨大的陰謀計畫。畢竟自己會長現在還流落在外不能露面，而對方陣營中那麼強悍的一員猛將出現，勢必不可能是單純的過來逛逛。

兩批人各懷心思，雲千千和九夜卻根本沒注意到這其中的暗潮洶湧，該吃吃該喝喝，完了各自揀間客房休息，休整得差不多了再接著出去刷怪，留下滿地忐忑不安的人們，獨自揣測這對奇特夫妻組合檔的行動深意。

「是有陰謀吧？」龍騰九霄成員甲遲疑問道。

「嗯嗯，絕對是有陰謀。」成員乙說。

「他們到底想做什麼？」

「這個……」

「要不還是告訴老大吧？」

「好。」所有人表示贊同。

頭疼的事就要交給上司來煩心，他們只是小蝦米啦，這種大陰謀不是他們摻和得起的。

於是一分鐘後，彙報完目前情況的龍騰九霄諸人安心了。躲藏在小島某隱蔽處的龍騰卻抱頭糾結、輾轉反側了起來……

九夜來了……蜜桃多多有什麼陰謀……要不再調些人過來戒備？

各種糾結煩心忙碌奔波中，王子和公主的婚禮終於如期而至。魚人公主這段時間裡一直沒找到機會和王子單獨說話，畢竟人家是王儲，身邊隨時都有十幾個侍衛、傭人什麼的跟隨著；尤其最近這麼繁忙的時刻，更是少有落單的機會……

那些電視裡，王妃、王子之類的大人物身邊最多只有兩三個使喚宮女之類的所謂常識絕對是錯誤的。特權是拿來幹嘛的？就是拿來顯示與眾不同的。

於是，魚人公主最後還是不得不找上了雲千千。在她認識的人裡，只有這女孩有各種辦法、手段可能幫自己達成目的。

將一個信物交給雲千千，魚人公主含淚叮囑：「求妳把一切事情告訴王子，告訴他，當他的婚禮結束後我就不得不回大海了。如果他願意的話，請來海灘找我……」

雲千千接了信物出去轉一圈，狠吃了一頓宴會美食再摸走了一大堆美酒，順便祝福王子和公主百年好合，接著剔牙打嗝回來告訴可憐的小魚人：「王子說他就不送了，祝妳一路順風……」

魚人公主當場淚流滿面，默默將王子的血抹上雙腳，懷著一顆破碎的玻璃心縱身投入大海……

至此，魚人公主任務結束。系統評價完美度：S級。

《蜜桃多多的修羅花嫁．下》完

敬請期待更精彩的續集內容

★ 起點女生網　最逆天的網遊小說
★ 「重生」，就是最大的外掛！

天然無口系大神　抖S屬性小惡魔

當前世冤家再度相聚，是愛情禁止，還是戀愛洗牌？
迴旋的人生，禍亂的可不僅僅只有遊戲吶！(ゝ∀･)⌒☆

第一部1-6集全國各大書店網路書店好評販售中

典藏閣　飛小說　華文聯合出版平台 www.book4u.com.tw　采舍國際 www.silkbook.com　不思議工作室　立即搜尋　版權所有© Copyright 2013

不思議特報
《現代魔法師》套書好禮相送!!

你那天把人家看個一清二楚了，
還一起洗過澡，一起睡過覺，接過吻！
你不准說你不負責啊啊啊！

吐槽系作者 **佐維**＋知名插畫家 **Riv**

正港A臺灣民間魔法師故事

《現代魔法師》驚爆登場！

活動辦法

凡在安利美特animate購買
《現代魔法師》全套八集，
在2014年6月10日前（以郵戳為憑）
寄回【全套八集】的書後回函，
以及附上安利美特購書發票影本、
或是於回函上加蓋安利美特店章，
就能獲得知名插畫家Riv繪製的
「現代魔法師超萌毛巾」一條，
準備與泳裝萌妹子一起清涼一夏吧！

備註：
1.可以等收集完八集的回函與發票或店章後，
再於2014年6月10日前寄回。
2.主辦單位有權更改活動規則。

飛小說 典藏閣 采舍國際 www.silkbook.com 華文聯合出版平台 www.book4u.com.tw 不思議工作室_ 立即搜尋
版權所有© Copyright 2013

小媽之冠蓋滿京華
葉坊
夢空──著
IKU──繪
六個
俊美無儔
風華絕代的
兒子
加
高齡二十二歲!?
天然呆
狐狸精
小媽
有兒子的娘親像珍寶!
有金子撒。
有兒子疼。
有美食吃。
有孫子抱。
媽媽乖～
我們會一輩子
守著妳！(?)
9/4 誰都不准先告白的 同居生活閃亮登場！
典藏閣
不思議工作室
立即搜尋
采舍國際
www.silkbook.com
華文聯合出版平台 www.book4u.com.tw
版權所有©
Copyright 201

飛小說。
We Love Easyfly.
EVIL SOUL X
少年魔人傳說
邪貓靈/文 Lyoko/圖
不思議．新都市傳說——
一份謎樣的遺書，
兩個命運相依的少年，
三起連續殺人案……
究竟是傳說中的魔人現身？還是凶手另有其人？
當急驚風的天兵犬少年遇上慢郎中的貓男偵探
一個讓人驚聲奸笑的神祕都市傳說，正式開幕！
全套三集，全國各大書店、租書店、網路書店持續熱賣中！
01謎樣的遺書
02都是情書惹的禍
03與魔女有約
華文聯合出版平台 www.book4u.com.tw
不思議工作室
立即搜尋
典藏閣
采舍國際
www.silkbook.com
版權所有© Copyright 2013

寫書與出版實務班

用一本書開創人生新格局

《20幾歲就做一件對的事》、《35歲前要做的33件事》、《45歲前做對九件事》、《給自己10樣人生禮物》等書如雨後春筍，無一不在提醒你：「儘快做好人生規劃！」

你的人生目標是什麼？
得到財富、名氣，還是環遊世界？
只要你對自己的人生有想法、對某一領域有熱情，你與成功世界就只差一道門，
而出書就是開啟那道門的鑰匙！

出書不只是你在特定領域專業的證明，更是你脫穎而出的舞台，
只要成為作家，條條大路為你開啟，
所有夢想都將伸手可及！

采舍國際出版集團領導人、同時也是台灣最具資歷的出版家**王擎天博士**率八大出版社帶領你打造屬於你自己的那把鑰匙，成功企劃自己的未來，完成曾經以為遙不可及的夢想，創造無後悔的人生！

課程詳細資訊請上

新絲路網路書店
silkbook.com

華文聯合出版平台
book4u.com.tw

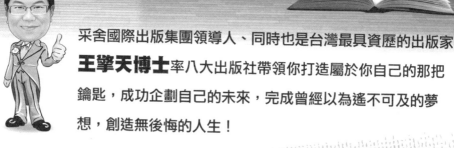

飛小說系列071

禍亂創世紀第二部-01(下)

蜜桃多多的修羅花嫁

出版者■典藏閣
作　者■凌舞水袖　繪　者■CHI77
總編輯■歐綾纖
製作團隊■不思議工作室
郵撥帳號■50017206 采舍國際有限公司（郵撥購買，請另付一成郵資）
台灣出版中心■新北市中和區中山路2段366巷10號10樓
電　話■(02)2248-7896　傳　真■(02)2248-7758
物流中心■新北市中和區中山路2段366巷10號3樓
電　話■(02)8245-8786　傳　真■(02)8245-8718
ISBN■978-986-271-402-7
出版日期■2013年10月

全球華文國際市場總代理／采舍國際
地　址■新北市中和區中山路2段366巷10號3樓
電　話■(02)8245-8786　傳　真■(02)8245-8718

新絲路網路書店
地　址■新北市中和區中山路2段366巷10號10樓
網　址■www.silkbook.com
電　話■(02)8245-9896
傳　真■(02)8245-8819

線上總代理：全球華文聯合出版平台
主題討論區：http://www.silkbook.com/bookclub　◎新絲路讀書會
紙本書平台：http://www.silkbook.com　◎新絲路網路書店
瀏覽電子書：http://www.book4u.com.tw　◎華文電子書中心
電子書下載：http://www.book4u.com.tw　◎電子書中心（Acrobat Reader）

☞**您在什麼地方購買本書？**☜

1. 便利商店（ ________市／縣）：□7-11　□全家　□萊爾富　□其他________
2. 網路書店：□新絲路　□博客來　□金石堂　□其他________
3. 書店（ ________市／縣）：□金石堂　□誠品　□安利美特animate　□其他________

姓名：________地址：________

聯絡電話：________　電子郵箱：________

您的性別：□男　□女　　您的生日：西元________年________月________日

（請務必填妥基本資料，以利贈品寄送）

您的職業：□上班族　□學生　□服務業　□軍警公教　□資訊業　□娛樂相關產業
□自由業　□其他________

您的學歷：□高中（含高中以下）　□專科、大學　□研究所以上

☞**購買前**☜

您從何處得知本書：□逛書店　□網路廣告（網站：________）　□親友介紹
（可複選）　□出版書訊　□銷售人員推薦　□其他________

本書吸引您的原因：□書名很好　□封面精美　□書腰文字　□封底文字　□欣賞作家
（可複選）　□喜歡畫家　□價格合理　□題材有趣　□廣告印象深刻
□其他________

☞**購買後**☜

您滿意的部份：□書名　□封面　□故事內容　□版面編排　□價格　□贈品
（可複選）　□其他

不滿意的部份：□書名　□封面　□故事內容　□版面編排　□價格　□贈品
（可複選）　□其他

您對本書以及典藏閣的建議________

____

____

✌未來您是否願意收到相關書訊？□是　□否

✍**感謝您寶貴的意見**✍

印刷品

$3.5
請貼
3.5元
郵票
不思議信箱
FUSIGI POST

235 新北市中和區中山路二段366巷10號10樓

華文網出版集團　收

（典藏閣－不思議工作室）